novum pocket

AF158672

Erika Döbel

Martha Flüchtlingstochter

Fortsetzungsgeschichten

novum pocket

Bibliografische Information
der Deutschen Nationalbibliothek:

Die Deutsche Nationalbibliothek
verzeichnet diese Publikation in der
Deutschen Nationalbibliografie.
Detaillierte bibliografische Daten
sind im Internet über
http://www.d-nb.de abrufbar.

Alle Rechte der Verbreitung, auch
durch Film, Funk und Fernsehen, fotomechanische Wiedergabe, Tonträger, elektronische
Datenträger und auszugsweisen
Nachdruck, sind vorbehalten.

Gedruckt in der Europäischen Union
auf umweltfreundlichem, chlor- und
säurefrei gebleichtem Papier.

© 2024 novum Verlag

ISBN 978-3-903382-76-3
Lektorat: Lektorat KL
Umschlagfoto: Erika Döbel
Umschlaggestaltung, Layout & Satz:
novum Verlag
Autorenfoto: Erika Döbel

www.novumverlag.com

Inhaltsverzeichnis

Erzählung einer Nachkriegsgeschichte 7

Martha heute 65
Der 92. Geburtstag......................... 67
Liebe in studentischen Zeiten 71
    Schwangerschaft....................... 73
    Die Anziehung.......................... 75
    Zusammenleben 77
    Die Entscheidung 79
Wiedersehen nach 30 Jahren 84
Martha unterwegs 95
    Hochzeit in NY 95
Wanzen aus Amsterdam 109
Die Ablehnung 116
Tango am See 130
Der Mäuserich 132
Der Zahn der Zeit.......................... 134
Frauen im Wachstum 135

Erzählung einer Nachkriegsgeschichte

Es wiederholt sich vieles im Zusammenleben von Menschen! 70 Jahre nach dem 2. Weltkrieg gibt es wieder Flüchtlinge in Deutschland. Auch die werden angefeindet! Unterschied: Sie verstehen nicht jedes Wort, müssen die deutsche Sprache erst mühsam erlernen.

Martha unterrichtet Deutsch an der Volkshochschule. Sie beginnt oft mit Alphabetisierungskursen, weil einige der Teilnehmer nicht lesen und schreiben können. Sie weiß, wovon sie spricht. Da kommen Frauen, die nie zur Schule gehen durften. Sie mussten, wie z. B. im Irak, schon als Kinder arbeiten. Es gab keine Schulpflicht. Dann kam der Krieg. Sie sind nach Deutschland geflohen. Ein Land, in dem es ihnen besser gehen sollte. Hier dürfen sie auch noch als Erwachsene zur Schule gehen. Sie lernen fleißig und verehren ihre Lehrerin.

Martha hat vorher als Grundschullehrerin gearbeitet. Die Kinder mochten sie. Nur mit den Eltern gab es in Niedersachsen oft Auseinandersetzungen.

Den Schuldienst quittierte sie zwei Jahre früher als üblich, nahm den Abschlag in Kauf. „Lieber ‚stilvoll verarmen', als sich weiter mit maßlosen Eltern herumärgern", sagte sie und bewarb sich stattdessen an der Volkshochschule.

„Sie schickt der Himmel!", hieß es dort. Dozenten waren knapp. Es gab sehr viele Flüchtlinge, die Deutsch lernen sollten und wollten. Deutschland braucht Zuwanderer und die brauchen ein neues Zuhause. Was das bedeutete, wusste sie aus eigener Erfahrung nur zu gut. Sie war selbst als Flüchtlingstochter geboren. Ihr Vater kam aus Ostpreußen und hatte seine Heimat verloren. Ihre Familie hatte den Aufbau der Bundesrepublik Deutschland miterlebt. Ohne die damaligen Flüchtlinge wäre Deutschland nicht das, was es heute darstellt. Als „Pollacken" sind sie zum Teil beschimpft worden und haben sich dennoch integriert.

Durch ihre neue Arbeit an der Volkshochschule wurde Martha mit ihrer eigenen Geschichte konfrontiert. Ihre alten Eltern lebten noch, waren aber dabei, sich langsam zu verabschieden. Martha konnte das Gestern und Heute miteinander vergleichen, ein Stück Zeitgeschichte dokumentieren. Schutzbedürftig waren beide, die alten Eltern und die neuen Flüchtlinge.

Sie konnte dazu beitragen, dass die Eltern in Würde gehen und die Neuankömmlinge gut vorbereitet starten konnten. Das Kommen und Gehen, Geben und Nehmen gehören zum Leben und lösen einander ab. Wenn Martha aus ihrer Kindheit und Jugend erzählte, taten sich viele Parallelen auf, nur das Wetter war inzwischen deutlich milder geworden. Hier ihre Geschichte:

„Am 24. Dezember 2015 schien morgens im hannoverschen Raum die Sonne. Das Thermometer zeigte 15 Grad Celsius. Noch nie war es, seit ich denken konnte, im Dezember so warm gewesen.

Aber es war ja auch ein ganz besonderer Monat. Schließlich sahen sich meine alten, gebrechlichen Eltern nach langer Zeit endlich wieder. Die Wärme war nicht nur äußerlich, sondern auch innerlich spürbar. Jedenfalls für mich und meine Eltern.

Ich hatte dafür gesorgt, dass mein Vater das Pflegeheim wechseln konnte und nun mit meiner Mutter unter einem Dach im ‚Haus der Sonne' versorgt wurde. Es handelte sich um eine private Pflegeeinrichtung, in der ca. 350 Personen betreut und gepflegt wurden. Das Haus steht seit ca. 15 Jahren und erscheint von außen wie eine große Hotelanlage, mit lang gezogenen Fenstern und rund laufenden Balkonen. Ein weitläufiger Park umrundet es.

Betritt man das Gebäude durch den Haupteingang, kommt man in eine große Empfangshalle, in der sonntags viele Besucher mit ihren Angehörigen Kaffee trinken können. Der Neubau ist innen mit gediegenen alten Möbeln ausgestattet. In den Vitrinen stehen edle Gläser und wertvolles Geschirr. An den Wänden hängen Gemälde, Spiegel und verschiedene Leuchter. Zu jeder Jahreszeit gibt es eine passende Dekoration. Jetzt war alles weihnachtlich geschmückt. Das Ganze macht einen einladenden Eindruck. Ein großer Festsaal im Keller steht für Konzerte und Aufführungen zur Verfügung. Private Familienfeiern können in separaten Räumen begangen werden.

Mehr Schein als Sein? Ich bin skeptisch.

Aber die Arbeitsbedingungen für das Pflegepersonal scheinen zu stimmen. Ich sehe viele zufriedene Gesichter bei den Mitarbeitern. Es herrscht eine freundliche

Atmosphäre unter ihnen, im Umgang mit den Bewohnern und den Besuchern.

Meine Mutter war schon seit sechs Monaten hier untergebracht und fühlte sich jetzt, mit 89 Jahren, hierhin gehörig. Sie hatte erkannt, dass sie auf Hilfe angewiesen war, nicht mehr allein leben konnte. Vielen anderen Frauen ihres Alters ging es genauso. Es gab mehr Frauen als Männer auf ihrer Etage. Zwei bis drei Paare waren gemeinsam da. Dass nun mein Vater, ihr erster Ehemann, mit seinen 90 Jahren hinzukommen sollte, gefiel ihr und war auch ihm nicht unangenehm, zumal sie getrennt untergebracht werden sollten.

Mehr als 40 Jahre hatten sie keinen Kontakt gehabt, nachdem sie 1973 auseinandergegangen waren. Damals habe ich ‚Rotz und Wasser' geheult wegen dieser Trennung, obwohl ich zu der Zeit schon längst aus dem Haus und immerhin schon 24 Jahre alt war.

Meine Mutter hatte, nach 25 Jahren Ehe und fünf gemeinsamen Kindern, die Scheidung eingereicht, weil mein Vater sich zu oft anderweitig amüsiert hatte. Die Schuld lag eindeutig bei ihm. Sie kämpfte wie eine Löwin um Hab und Gut und kam triumphierend aus dem Gerichtssaal. Er verlor wieder alles, hatte Tränen in den Augen und berührte mich, als seine erstgeborene Tochter, damit sehr.

Danach hat er dann dreißig Jahre mit einer zwölf Jahre jüngeren Frau bis zu deren Tod zusammengelebt. Sie wurde seine zweite Ehefrau und starb an Krebs. Doch auch er bekam ‚Parkinson' und ging mit 85 Jahren ins Altenheim.

In der Zwischenzeit hatte meine Mutter Mühe, sich neu zu orientieren, aber das Vergnügen mit drei aufeinanderfolgenden Begleitern, die sie alle überlebte. Der Letzte wurde ihr zweiter Ehemann und sie seine Witwe.

Spricht man sie heute darauf an, will sie kaum davon erzählen. Jetzt gibt es nur noch meinen Vater, mit dem sie eine Familie hatte und der endlich wieder da ist.

Ich habe zu meinem Vater all die Jahre nur sporadisch Kontakt gehalten, aber kurz vor dem Tod seiner zweiten Ehefrau seinen Schrebergarten übernommen, den er nicht mehr allein pflegen wollte. Es war ein Geschenk an den Urenkel. Der war gerade geboren und hat es später sehr geliebt, mit Oma Martha im Garten zu spielen, zu schaukeln und zu zelten. Nach sieben Jahren war das ausgereizt und ich habe den Garten an eine polnische Familie weitergegeben, die auch kleine Kinder hatte. Während der Gartenzeit habe ich mich meinem Vater immer nahe gefühlt und ihn dort auch ein paar Mal begrüßen können, bis er sich dann ins Altenheim verabschiedete. Er erschien mir noch recht rüstig und ich war erstaunt, als ich Anfang 2015 erfuhr, dass es ihm zusehends schlechter ging.

Im Heim war es zu einem bemerkenswerten Zwischenfall gekommen, der alles für ihn veränderte. Wegen der Parkinson-Erkrankung verschrieb ihm der Neurologe ein besonders stärkendes Medikament, das unerwartete Nebenwirkungen zeigte und ihn veranlasste, sich einer Mitbewohnerin sexuell zu nähern. Das heißt, er besuchte sie des Nachts, um mit ihr zu schlafen. Dieses Abenteuer wurde allerdings gestört und unterbunden. Die Dame, auch schon leicht dement, schlief im Zweibettzimmer und hatte eine Mitbewohnerin, die sich beschwerte.

Die Heimleitung war außer sich. So etwas war in den letzten 25 Jahren dort nicht vorgekommen und ungeheuerlich. Daraufhin wurde der verwirrte Täter strafversetzt und isoliert. Er kam in die letzte dunkle Kammer und vegetierte vor sich hin. Es gab nur noch dämpfende Medikamente und den Fernseher. Jegliche Bewegung wurde untersagt. Innerhalb eines Jahres baute er entsprechend ab, bis er nicht mehr laufen konnte und im Rollstuhl sitzen musste.

Als ich ihn zu seinem 90. Geburtstag besuchte, wurde mir sehr schnell klar, was hier vor sich ging. Man kassierte und ließ ihn vor sich hindämmern. Ich bin mir sicher, dass so etwas in Holland nicht vorgekommen wäre. Dort geht man fortschrittlicher mit den Bewohnern um und weiß um die menschlichen Bedürfnisse.

Ich musste etwas unternehmen und bemühte mich um seine Betreuung, die beim Amtsgericht beantragt werden musste. Das Verfahren zog sich allerdings fünf Monate hin. Erst im Oktober wurde mir gestattet, für meinen Vater die Betreuung zu übernehmen und ihn da rauszuholen. Daraufhin veranlasste ich den Umzug; die Kündigungsfrist betrug auch noch mal vier Wochen.

Am 30.11.2015 war es endlich so weit. Ich hatte ihm die neue Residenz vorher gezeigt und ihn gefragt, ob er einverstanden ist. Er vertraute mir und freute sich. Eine Pflegerin wunderte sich über seine gute Laune, die er jetzt zeigte, und äußerte sich entsprechend mir gegenüber.

Mehr brauchte es nicht. Ich war sicher, das Richtige veranlasst zu haben.

Und tatsächlich, er blühte sichtlich auf, brauchte sein Dasein nicht mehr allein auf dem Zimmer zu fristen, sondern konnte wieder im Speisesaal bei den anderen Bewohnern Platz nehmen. Es gab wieder Veranstaltungen für ihn, wie z. B. ein Konzert im Festsaal des neuen Hauses, wo er mit seiner ersten Ehefrau, meiner Mutter, zusammentraf, die ihn herzlich begrüßte. Auch sie wurde mit dem Rollstuhl hereingefahren und schien die Vergangenheit ruhen lassen zu können. Sie freute sich sehr, ihn zu sehen.

Er wirkte auf mich etwas verschämt, aber auch froh, sie wiederzusehen, lauschte aufmerksam ihrer Stimme und schien zu verstehen, wer da neben ihm saß. Ganz sicher war ich mir allerdings nicht, denn er brachte vieles durcheinander und konnte auch mich nicht immer zuordnen. Aber es schien ihn zu beruhigen, Angehörige um sich zu wissen, nicht mehr allein zu sein.

Mich erwärmte das Zusammensein mit den beiden Alten und heilte so manche Verletzung aus der Vergangenheit. Ich genoss es, mit ihnen die Weihnachtsfeier des Hauses zu besuchen und ‚schmetterte' die alten Weihnachtslieder aus vollem Halse. Es war wie in Kindertagen, wo ich immer vor der Bescherung auf wartend dem Küchentisch gesessen und alle Lieder mit Begeisterung gesungen hatte, weil es so lange dauerte, bis wir endlich den Tannenbaum zu Gesicht bekamen. Für mich war es, als ob sich ein Kreis geschlossen hätte, vom Beginn der Bekanntschaft meiner Eltern vor immerhin 67 Jahren bis heute zum Ende ihrer letzten Lebensjahre, an denen ich teilhaben konnte.

In diesem Dezember 2015 erfuhr ich auch, dass der Heilige Abend 1948, zwölf Monate vor meiner Geburt, ihr Hochzeitstag gewesen ist.

Der 2. Weltkrieg war da erst seit drei Jahren vorbei, mein Vater gerade aus französischer Gefangenschaft zurück. Vater und Mutter waren frisch verliebt.

Aber wie hatten sie sich kennengelernt?

Auch das war eine wunderbare Zusammenkunft gewesen, die über eine Brieffreundschaft entstanden ist.

Viele deutsche Männer bekamen als Gefangene Post von jungen Frauen aus der Heimat, die sich einen Mann wünschten. So erging es auch meinem Vater, der seine ostpreußische Heimat verloren hatte und in Frankreich auf die Entlassung aus der Gefangenschaft wartete.

Meine Mutter, die gern tanzen ging, kannte nur die ‚Amis‘ als Tanzpartner und sehnte sich nach einem Mann, mit dem sie auch reden konnte. Das ‚Deutsche Rote Kreuz‘ vermittelte die Brieffreunde. Man sandte sich Fotos und gefiel sich. So kam es dazu, dass sie sich kennenlernten und schließlich am 24. Dezember 1948 heirateten. Sieben Puten wurden geschlachtet und kamen als Festessen auf den Tisch. Das Hochzeitskleid war eine Leihgabe aus der Nachbarschaft. Aber es war schneeweiß und kleidete Elli so gut, dass der kleine Alfred ganz ergriffen war und meinte: ‚Elli sieht aus wie eine Königin!‘

Elli lebte auf einem kleinen Bauernhof mit Eltern, Brüdern und der Großmutter. Die nächstgrößere Stadt war Kassel, ca. 30 km entfernt. Oft erzählte sie noch später von der Bombardierung Kassels durch die Amerikaner, weil es in der Nacht in ihrem Dorf taghell gewesen ist und alle um ihr Leben gefürchtet haben. In Kassel wurden Rüstungsgüter hergestellt und daher vernichtet. Auf dem Land blieben die Menschen verschont. Durch die Landwirtschaft mussten sie zudem nicht hungern wie die Städter, die jetzt scharenweise ihre Wertsachen gegen Lebensmittel zu tauschen versuchten und immer häufiger an die Tür klopften.

Über das Rote Kreuz hatte Hartmut auch erfahren, dass seine Mutter mit dem elfjährigen Bruder und der alten Großmutter aus Ostpreußen geflohen war und sich in Ostdeutschland aufhielt. Er teilte ihr die Adresse der neuen Freundin aus Hessen mit und siehe da, die zukünftige Schwiegermutter bekam Elli schneller zu sehen als Hartmut selbst, der zwar einen vierwöchigen Gefangenenurlaub bekommen sollte, aber so schnell wie Oma Burga nicht sein konnte. Sie war vor ihm da und wartete schon mit Elli auf den Heimkehrer.

Seine Ankunft am Bahnhof teilte er telefonisch mit. Die Nummer vom Gasthof war bekannt. Elli wurde benachrichtigt mit den Worten: ‚Ein junger Mann ist angekommen und möchte abgeholt werden.' Leichtfüßig ging sie ihm entgegen.

Zum Glück war es ‚Liebe auf den ersten Blick', denn er war ein sehr gut aussehender junger Mann und sie hatte auch alles, was einen Mann glücklich machen konnte: war groß gewachsen, schlank, mit vollem dunklem Haar und grünlich blauen Augen, dazu nicht auf den Mund gefallen und bereit, mit ihm eine Familie zu gründen.

Folgerichtig wurde nach dem Ende der Gefangenschaft zu Weihnachten geheiratet.

Doch der Start in ein gemeinsames Leben verlief nicht reibungslos. Hartmut, Sohn eines Großbauern aus Ostpreußen, war mit 18 Jahren in den Krieg gezogen und hatte außer Landwirtschaft nichts gelernt. Wie sollte er jetzt eine Familie ernähren? Wovon sollten sie leben? Vorübergehend fand er eine Arbeit in einer Glashütte. Aber Wohnraum war knapp. Wo sollten sie wohnen? In der Nähe der Glashütte fanden sie schließlich eine 2-Zimmer-Wohnung, die sie zunächst gemeinsam mit Oma Burga und dem kleinen Alfred teilten. Leider musste die alte Großmutter in den Osten zurück und starb dort, wenig später, in einem Altenheim. Ihr Zuzug war von den Behörden abgelehnt worden.

Es gab noch Lebensmittelkarten und auch Oma Burga, die in Ostpreußen einen großen Hof geführt hatte, musste sich jetzt als Magd durchschlagen.

Die Glashütte ging ziemlich bald pleite. Hartmut war arbeitslos. Im Ort gab es ein Lungenkrankenhaus, in dem immer wieder Pflegekräfte gesucht wurden. Die dortige Oberin war auf Hartmut aufmerksam geworden, weil er groß und kräftig war. Er wurde gebraucht und sie sorgte dafür, dass er für eine Ausbildung zum Krankenpfleger vorgemerkt wurde. Allerdings musste er dafür in das entfernte Hannover gehen und die Familie vorübergehend, immerhin für drei Jahre, zurücklassen.

Inzwischen wurde ich geboren. Mein Vater soll mächtig stolz gewesen sein auf seine kleine Tochter. Die Taufe wurde groß gefeiert, vier Generationen Frauen gemeinsam abgelichtet.

Doch schon 14 Monate später habe ich ein Brüderchen, den Moritz, bekommen. Vorbei war es mit den Privilegien! Nun drehte sich alles um den Sohn. Die junge Mutter hatte mit den beiden Kindern voll zu tun. Sie lebten während der Ausbildung des Vaters von der ‚Wohlfahrt' und Elli ging zusätzlich putzen.

Wir Kinder hatten keine Not zu leiden, denn war das Haushaltsgeld sehr knapp, kam prompt ein Päckchen von Oma und Opa mit heimatlich Eingemachtem oder anderen Köstlichkeiten aus der Landwirtschaft. Außerdem hielt Elli ein paar Hühner in einem Verschlag an der Hausseite und versorgte uns mit frischen Eiern und auch mal einem leckeren Suppenhuhn.

Nur um die Verhütung kümmerte sie sich nicht und war daher gleich im nächsten Jahr wieder schwanger. Dieses Tempo verkraftete ihr Körper nicht und so kam es, dass ihr drittes Kind kurz nach der Geburt zu Grabe getragen werden musste. Es war ein Junge; er sollte Walter heißen, und er bekam ein Grab auf dem nahegelegenen Friedhof. Wir besuchten ihn oft und ich liebte die Stille zwischen den Gräbern, den Kies auf den Wegen und das Gießen der Blumen. Es war ein Ort, wo ich in Ruhe spielen konnte und eine andächtige Atmosphäre herrschte. Ich war ca. vier Jahre alt und erinnere mich genau. Wie auch an die schneereichen Winter, die wir damals hatten, mit lustigen Schlittenfahrten am Hang, in der Nähe des Hauses. Oder an den Onkel Alfred, der ein Iglu mit uns baute.

Er hatte inzwischen eine Lehre als Schreiner begonnen. Manchmal brachten Oma Burga und ich ihm das Mittagessen auf den Bau. Damals wurde viel gebaut oder erneuert, denn der Krieg hatte eine Spur der Verwüstung hinterlassen. Die vielen Flüchtlinge brauchten eine Unterkunft. Räumlich konnten wir uns bald verbessern, weil auch die Oma für sich und Alfred eine neue Bleibe gefunden hatte und gleich gegenüber unterkam.

Dann sollte eines Abends der Nikolaus ins Haus kommen. Die Aufregung war groß. Ich verkroch mich bald unter dem Tisch, denn er war gar nicht freundlich und wollte mir die Daumen abschneiden, weil er gehört hatte, dass ich daran lutschte. Dieses traumatische Erlebnis trug dazu bei, dass ich nur noch heimlich am Daumen lutschte, aber dafür bis weit in die Pubertät hinein. Der Daumen war mein Tröster. Ich war zu früh entwöhnt worden, weil ein Bruder zu schnell folgte, und brauchte den Ersatz.

Ein weiteres unvergessliches Erlebnis war meine erste Fahrt mit dem Postbus zu den Großeltern. Ich war bisher immer zu Fuß unterwegs gewesen und traute meinen Augen nicht, denn es sah aus, als ob auf einmal alle Bäume wegliefen, was ich sofort der Mutter mitteilte. Sie verstand nicht gleich, was ich meinte, aber erklärte dann, dass wir uns fortbewegten, auf Rädern davonrollten und ich gefahren wurde. Ich konnte es kaum fassen und war begeistert von der schnellen Fortbewegung.

Die Kindheit war aufregend und hatte so manche Irritation bereit. Vater und Tochter waren ein besonderes Gespann und sollten es ein Leben lang bleiben.
 Wir Kinder liebten es, wenn uns vorgelesen wurde. Das geschah regelmäßig und bald kannten wir alle Märchen der Gebrüder Grimm und hörten auch gern Geschich-

ten von Pferden, die der Vater vorlas und die meist aus der ostpreußischen Heimat stammten. Wir saßen alle zusammen. Die Mutter nähte oder strickte etwas, oder wir spielten gemeinsam ‚Mensch ärgere dich nicht', wo der kleine Moritz ganz schlecht verlieren konnte und wütend alles herunterwarf.

Doch dann gab es auch Gefahren, die uns bedrohten, die aber zum Glück rechtzeitig erkannt wurden. Zum Beispiel hatten wir einen Nachbarn, der uns auf den Schoß nahm und Geschichten erzählte. Meist blätterte er in einem Bilderbuch und berührte mich dabei so merkwürdig zwischen den Beinen, was ich gar nicht kannte und sehr bald meiner Mutter erzählte. Er flog auf und kam hinter Schloss und Riegel, weil er das bei anderen Kindern aus der Nachbarschaft auch tat und angezeigt wurde.

Eine weniger schöne Erfahrung war auch der Kindergarten, den wir besuchen mussten, weil meine Mutter eine feste Putzstelle bekam und uns versorgt wissen wollte. Hier gab es strenge Regeln und Strafen, die ich nicht kannte und leider dennoch zu spüren bekam. Ich muss wohl zu wild und munter gewesen sein und wurde kurzerhand in den dunklen Keller gesperrt. Dort musste ich dann warten, bis man mich wieder herausholte. Ich weiß noch, wie ich immer ganz oben an der Treppe kauerte und einen Lichtstrahl zu erhaschen versuchte. Zu Hause habe ich mich natürlich geschämt, davon zu erzählen, und jede Kinderkrankheit genossen, durch die ich gezwungen war, im Bett zu bleiben und von Mama versorgt zu werden.

Die ‚braune Vergangenheit Deutschlands' war nicht von heute auf morgen aufzuheben und hinterließ auch weiterhin ihre Spuren ...

Hin und wieder passte aber auch Oma Burga auf uns auf, wenn die Mutter beschäftigt war. Diese eigenwillige Oma hielt es bei keiner Arbeit lange aus, weil sie sich nur schwer unterordnen konnte und oft andere Vorstellungen als ihre Arbeitgeber hatte. Sie war 1905 geboren und durfte als junges Mädchen damals schon eine Frauenfachschule besuchen. Sie ließ sich so schnell nichts vormachen. Außerdem hatte sie in Ostpreußen einen großen Hof geführt und wusste um ihre Fähigkeiten.

Zu ihr fühlte ich mich hingezogen. Mit ihr besuchte ich die Ämter und Behörden, bei denen sie um den Lastenausgleich des verlorenen, heimatlichen Hofes stritt. Ich lernte die langen, nach Bohnerwachs riechenden Flure, Gänge und muffigen Wartezimmer bei ihren vielen Anträgen kennen und das Gefühl, als Bittsteller nicht immer willkommen zu sein. Aber Oma Burga war hartnäckig und gab nicht auf. Sie war die erste Frau, die ich kennenlernte, die unabhängig, auch ohne Mann – obwohl sie Verehrer hatte – durchs Leben ging. Der Ehemann, mein Großvater, ist aus dem Krieg nicht zurückgekehrt und für vermisst erklärt worden. Oma Burga blieb alleinstehend und starb 1997 im Alter von 92 Jahren in ihrem Haus bei Kassel, das sie durch den Lastenausgleich erworben hatte. Ihr zweiter Sohn, Alfred, lebte oben im Haus und sorgte für sie bis zum Schluss.

Die junge Familie meiner Eltern fand 1955 eine 3-Zimmer-Wohnung in Hannover, nachdem der Vater ausgelernt hatte. Wir zogen von Hessen nach Niedersachsen.

Das war eine Aufregung, als der Möbelwagen vorfuhr und beladen wurde. Wir Kinder durften mit der Mutter vorn im Lkw sitzen und von hoch oben die vorbeifliegende Gegend bestaunen. Noch nie war sie uns schöner erschienen. Sanfte Hügel mit grünen, saftigen Wiesen ließen wir hinter uns, bevor die Landschaft immer flacher wurde und wir die Stadt erreichten. Der Abschied war nicht einfach, aber die Neugier siegte. Große Veränderungen warfen ihre Schatten voraus und meine Eltern überwanden ihre erste Zerreißprobe.

Mein Vater war während der Ausbildung nicht nur fleißig am Lernen gewesen, sondern hatte auch eine junge Krankenschwester näher kennengelernt, die von ihm schwanger wurde. Ich war sieben Jahre alt und kam gerade in die Schule, als der Seitensprung aufflog. Ohne Einzelheiten zu erfahren, waren die Zusammenbrüche der Mutter für uns Kinder sehr beängstigend. Wir verstanden die Welt nicht mehr und waren sehr verunsichert.

Viele Jahre später, als ich Fragen dazu stellte, erfuhr ich, dass meine Mutter drauf und dran gewesen war, den Vater zu verlassen. Sie hatte jedoch keinen Beruf gelernt und große Angst, sich mit zwei kleinen Kindern allein durchzubringen. Hinzu kam, dass der Vater sie beschwor, bei ihm zu bleiben, weil er gerade dabei war, sich beruflich zu verändern, und dafür eine stabile Beziehung brauchte. Denn 1956 wurde die Bundeswehr gegründet und er konnte als ausgebildeter Krankenpfleger im Sanitätsdienst unterkommen, d. h. eine sichere Existenz für sich und die Familie erwerben. Geschiedene Männer waren nicht erwünscht. Elli rang mit sich und ihren Gefühlen und ließ sich wieder auf ihn ein. Er zahlte Alimente und wurde Berufssoldat.

Meinen Halbbruder habe ich erst im Rentenalter ausfindig gemacht und schätzen gelernt. Er sieht meinem Vater von allen Brüdern am ähnlichsten. Seine Mutter hat ihre letzten Lebensjahre ebenfalls im ‚Haus der Sonne' verbracht.

Mit der Berufsveränderung meines Vaters begann ein ziemlich unruhiges Familienleben. Soldaten wurden oft versetzt und ließen ihre Familien hinterherziehen. Ich habe in zehn Schuljahren sieben verschiedene Schulen besuchen dürfen und sehr oft unter Anpassungsstörungen gelitten. Aber dafür habe ich auch sehr viele unterschiedliche Erziehungspersönlichkeiten kennengelernt, die mich später unter anderem ermutigten, den Lehrberuf auszuwählen.

Schon nach dem ersten Schuljahr in Hannover zogen wir wieder um. Ich erinnere mich aber noch an die Einschulung. Das Wichtigste neben dem ledernen Schulranzen war das Brottäschchen, in dem immer eine geschmierte Scheibe Brot und ein Apfel für die Pause drin waren. Ich konnte es umhängen und hatte die Hände frei zum Spielen. Auch das Federmäppchen im Ranzen gefiel mir. Und natürlich die erste Lehrerin. Sie war freundlich und geduldig.

In Hannover wohnten wir Hochparterre. Die Grünflächen ums Haus herum mussten noch angelegt werden. Vom Fenster aus beobachteten wir die Veränderungen.

Unsere Nachbarin auf dem gleichen Flur mochte Kinder und konnte Klavier spielen. Ich habe ihr oft andächtig zugehört. Ihre Tochter machte eine Ausbildung zur Sportlehrerin und übte für ihre Lehrprobe unten in der Waschküche. Manchmal durfte ich dabei zugucken.

Schräg über uns wohnte Dieter mit seiner Mutter und dem blinden Vater. Sie hatten einen Schäferhund, der zum Blindenführer ausgebildet war und schon bald einen Maulkorb tragen musste, weil er im Treppenhaus meine Freundin gebissen hatte. Uns tat er nichts. Damals hatten wir noch keinen Kühlschrank und brachten die leicht verderblichen Lebensmittel immer in den Keller. Dorthin ging auch Dieter oft mit seinem Hund und fragte mich eines Tages, ob ich ihn begleiten wolle. Er hätte mir etwas Schönes zu zeigen. Es sei ein Geheimnis, dass ich niemandem erzählen dürfte.

Er war doppelt so alt wie ich und hatte diesen großen Hund an seiner Seite. Ich war neugierig und begleitete ihn. Dafür zeigte er mir seinen ‚Ständer' und rieb damit an meinen Beinen. Mehr geschah zum Glück nicht. Es tat nicht weh und ich bekam danach ein kleines Geschenk. Entweder ein Abziehbild oder ein Stück Schokolade. Ich hätte ihn nie verraten und muss instinktiv erkannt haben, dass die Pubertät ihm zu schaffen machte.

Er war es auch, der meine Freundin und mich abends, nach einem unerlaubten Ausflug mit dem Roller, auf dem Schützenplatz ausfindig machte. Meine Mutter hatte schon die Polizei informiert und war in heller Aufregung, als er uns bei ihr ablieferte.

Dennoch haben seine heimlichen Übergriffe, die vielleicht drei Mal stattfanden, dazu beigetragen, dass ich mich schämte. Bei jeder Kleinigkeit bekam ich einen roten Kopf. Ich wusste, dass ‚so was' nicht rechtens ist, und war erleichtert, als wir dann sehr bald in die Lüneburger Heide zogen, wo mein Vater in Munster stationiert wurde.

Hinzu kam, dass meine Mutter großen Wert darauf legte, dass wir im evangelisch-lutherischen Glauben erzogen wurden, d. h. zum Kindergottesdienst gingen und am Abend vor dem Zubettgehen mit ihr beteten. Auch sonntags, vor dem Mittagessen, wurde gebetet. Am meisten fürchteten wir es, wenn sie verärgert war und das Gebet ausfallen sollte. Eine wichtige Zuwendung weniger!

Ja und dann kam das schönste Jahr meiner Kindheit, nachdem meine Eltern sich wieder versöhnt hatten und wir in einem Häuschen mit Garten wohnen konnten. Ein kleiner Ort in der Nähe von Munster war das Paradies für mich. Wir hatten ein paar Hühner, drei Gänse und auch Kaninchen. Im Garten stand ein alter Apfelbaum mit Schaukel. Das Plumpsklo war im Hof. Ich hatte viele Freundinnen und eine wunderbare junge Lehrerin in der Schule, die viel mit uns gesungen, getanzt und gebastelt hat.

Im Dezember 1957 wurde meine Schwester Karin geboren; mein Bruder Moritz und ich schoben stolz den Kinderwagen. Oma Burga kam mit dem Onkel Alfred zu Besuch. Viele Fotos wurden gemacht. Die Familie zeigte sich von ihrer schönsten Seite.

Mein Vater war jetzt täglich anwesend. Er brachte uns das Schwimmen bei, in einem Feuerlöschteich der Bundeswehr. Wir durften ihn manchmal zur Standortverwaltung begleiten und im Büro erleben, wie sehr er in seiner schmucken Uniform von den weiblichen Angestellten verehrt wurde.

Zu Hause war er der Hausherr, der dafür sorgte, dass der Hof sauber gefegt war, die Sickergrube regelmäßig geleert und der Badeofen in der Waschküche richtig befeuert wurde.

Samstags war Waschtag. Moritz und ich stritten uns darum, wer zuerst in die Wanne durfte. Der ganze Raum stand unter Dampf und wir beeilten uns, danach ins Warme zu kommen, um uns trocknen zu können. Vater war auch für die Bestrafung bei Frechheiten und Vergehen der Kinder zuständig. Mutter drohte mit ihm, wenn wir nicht gehorchen wollten. So kam es vor, dass ich etwas ausgefressen hatte und ein Donnerwetter folgen sollte. Doch ich hatte mich im Schuppen auf dem Hof versteckt und beobachtete nun Vater und Mutter, die mich suchten.

Mit pochendem Herzen saß ich dort und spähte durch die Bretterlücken nach draußen. Die beiden suchten verzweifelt nach mir und machten sich gegenseitig Vorwürfe, zu streng gewesen zu sein. Sie hatten tatsächlich Angst um mich. Das gefiel mir sehr! Ich ließ sie noch eine Weile suchen, bis ich dann zufrieden hervorkam und ihnen munter erzählte, dass ich sie die ganze Zeit in meinem Versteck gesehen hatte. Meine Eltern lächelten sich an. Sie waren bereit zu verzeihen, mich wieder in die Arme zu nehmen.

In der Nachbarschaft gab es einige Mädchen in meinem Alter, mit denen ich gern spielte. Wir fuhren Rollschuh auf der Straße, tanzten Rock 'n' Roll nach den ersten Elvis-Platten und feierten die Geburtstage zusammen. Bis eines Tages eine von ihnen ins Krankenhaus musste und am Blinddarm operiert wurde. Sie erzählte später von diesem Aufenthalt, den Besuchen und Geschenken, die sie dort bekam, und machte mich so neugierig, dass ich sofort wissen musste, wo denn der Blinddarm sitzt.

Ich lief nach Hause, hielt mir die rechte Bauchseite und jammerte sehr. Meine Mutter tippte sofort auf ‚Blinddarm' und brachte mich ganz schnell ins Krankenhaus. Dort war es sehr aufregend. Wir waren zu fünft in einem Krankenzimmer und hatten viel Spaß zusammen. Nur als die Schwester mir ein Glas in die Hand drückte mit der Bitte, Wasser zu lassen, war ich etwas ratlos. Ich stand vor dem Waschbecken und starrte vom roten auf den blauen Punkt und überlegte, was sie nun wollte. Nach einer Weile ging ich zurück und fragte: ‚Warmes oder kaltes Wasser?' Sie sah mich erstaunt an, lächelte und meinte: ‚Du kannst wohl gerade nicht?'

Nun verstand ich, was sie wollte, und musste auch lachen. Bei uns zu Hause hieß das ‚Pippi machen' und nicht ‚Wasser lassen'. Ich hatte einen neuen Ausdruck gelernt, schämte mich ein wenig über meine Unwissenheit und erzählte die Geschichte meinen Freundinnen, die darüber auch lachen konnten und mich sofort verstanden haben.

Der Blinddarm wurde tatsächlich entfernt. Keiner merkte, dass ich nur etwas Aufmerksamkeit gebraucht hatte. Aber diese Erfahrung genügte mir; ich musste sie nicht wiederholen und erneut ins Krankenhaus wollen. Es gab andere Herausforderungen, die zu bewältigen waren.

Die Familie hatte sich im Zweijahresrhythmus um weitere Kinder vergrößert. Nach Karin kam Helga und zum Schluss Alex dazu.

Meine Mutter brauchte meine volle Unterstützung. Sie kam fast zehn Jahre hintereinander aus dem Windelwaschen nicht heraus. Ich durfte immer alles spülen. Das war eine wichtige Aufgabe, denn es gab noch keine Wegwerfwindeln und die Stoffwindeln mussten vom Waschmittel befreit werden. Meine Mutter kochte die Wäsche im Kessel in der Waschküche. Danach wurde sie in der Badewanne gespült. Ich half ihr auch, alles auf dem Dachboden aufzuhängen. Eine Waschmaschine bekamen wir erst sehr viel später.

Als Mutters Kindermädchen hatte ich alle Hände voll zu tun. Aber es machte mir auch Spaß, die Kleinen zu beschäftigen und mit ihnen zu spielen. Abends übernahm ich das Vorlesen und am Nachmittag saß ich mit ihnen in der Sandkiste oder zeigte ihnen die neusten Hüpf- und Ballspiele.

Leider wurde das Häuschen für die große Familie sehr schnell zu eng. Wir zogen nach Munster in eine Neubauwohnung mit zwei Kinderzimmern und ich musste mal wieder die Schule wechseln.

Diesmal bekam ich einen strengen, älteren Lehrer, der uns immer vorlesen ließ und dabei sehr viel Angst verbreitete. Nach dem ersten Satz verschwamm alles vor meinen Augen und ich konnte nur noch stottern. Die anderen Kinder lachten und wollten mich nach der Schule verhauen. Ich war die Neue, die noch dazu nicht lesen konnte. Das ging so weit, dass mein Vater mit dem Lehrer sprach, der die Kinder ermahnte. Mein Vater beschützte mich und holte mich mit einem Dienstfahrzeug ab, als sie mich gerade in die Mitte genommen hatten, um mich zu verprügeln. Danach ließen sie von mir ab und ich konnte mich langsam eingewöhnen. Schulisch warf es mich aber weit zurück und ich brauchte ein fünftes Grundschuljahr, bevor ich eine weiterführende Schule besuchen konnte. Damals konnte ich nicht ahnen, dass ich mich einmal bei meinem Vater revanchieren und ich auch ihn einmal aus einer misslichen Lage befreien würde, wie jetzt in diesem milden Dezember.

Durch den Umzug in das neue Pflegeheim kam es ja nicht nur zur Begegnung mit seiner ersten Ehefrau, sondern auch mit seinen Söhnen, die ihm nach der Scheidung aus dem Weg gegangen waren und ganz auf Mutters Seite gestanden hatten.

Immer am Sonntagnachmittag versammelten sich die Rollstuhlfahrerinnen im 4. Stock in der Bücherei am Aussichtsfenster. Sie lauschten der leisen Musik, die von einer Betreuerin aufgelegt wurde. Hier trafen sich auch meine Eltern, nachdem ich meinen Vater gefragt hatte, ob er dort mit hinwollte, was er bejaht hatte.

Am 4. Advent kam mein Bruder Moritz mit Freundin Hedwig dazu und wir machten gemeinsam einen Spaziergang durch den Park. Moritz schob seine Mutter, ich meinen Vater und Hedwig machte ein schönes Foto von uns. Ich war sehr zufrieden mit diesem Arrangement und stellte Weihnachtskarten mit dem Familienfoto her. Ein schöneres, friedlicheres Weihnachtsgeschenk konnte es nicht geben!

Mein Bruder Moritz war in meiner Kindheit oft ein Ärgernis für mich gewesen, weil er als ‚Kronen-Sohn' Privilegien hatte, gegen die ich mich immer auflehnte und die ich als ungerecht empfand. Wir stritten uns häufig um Kleinigkeiten, die eigentlich nicht notwendig gewesen wären, aber darauf zurückzuführen waren, dass wir nicht gleichberechtigt von unserer Mutter behandelt wurden. Zum Beispiel sah ich es nicht ein, dass er im Haushalt nichts machen musste und viel mehr Freizeit hatte als ich.

Aber einmal hat er mir sehr leidgetan: Es war kurz vor Silvester. Er muss etwa zehn Jahre alt gewesen sein, als er ganz stolz mit seinen Silvesterknallern spielte und prahlte. Angeblich hatte er die von einem Freund geschenkt bekommen, denn Taschengeld gab es damals noch nicht. Die Eltern wurden sofort misstrauisch. Der Vater nahm ihn in die Mangel und es kam heraus, dass der Freund und er ‚lange Finger' im Schreibwarenladen gemacht hatten. Er bekam eine Tracht Prügel und musste seinen ‚Schatz' eigenhändig zurückbringen. Die Blamage war schmerzhaft und wahrscheinlich bleibend. Es ist anzunehmen, dass dieses Erlebnis zu seiner späteren Berufswahl beigetragen hat.

In der Lüneburger Heide, rund um Munster herum, gab es neben den Truppenübungsplätzen noch viele Kartoffelbauern mit ihren stattlichen Höfen. Immer in den Herbstferien zur Kartoffelernte waren wir Kinder gefragt und durften uns etwas dazuverdienen. Wir liefen hinter den Maschinen her, die die Kartoffeln aus der Erde warfen, lasen sie in Körben auf und schütteten diese in die am Rand stehenden Säcke. Dabei mussten wir schnell sein, denn die Maschinen gaben den Takt vor.

Frühmorgens fuhren wir mit den Rädern auf die Felder und hatten dabei oft schon Handschuhe an. Die Erde war feucht und kalt an den Fingern und erwärmte sich nur langsam, wenn die Sonne herauskam. Zur Frühstückspause wurde heißer Malzkaffee gereicht und wir aßen dazu unsere mitgebrachten Brote. Mittags ging es dann zum Bauern auf den Hof, wo meist ein deftiger Eintopf auf dem Tisch stand. Nach kurzer Pause arbeiteten wir weiter bis zum späten Nachmittag, um dann müde, erschöpft, aber zufrieden nach Hause zu radeln. Für das verdiente Geld kaufte uns die Mutter neue Winterkleidung und auch mal eine Süßigkeit.

In den Sommerferien besuchten wir meist die Großeltern in Hessen. Es kam auch vor, dass Moritz und ich allein hinfuhren. Mit dem Zug von Hannover nach Kassel mussten wir nicht umsteigen. Die Eltern setzten uns in Hannover hinein; Opa holte uns in Kassel ab. Das war problemlos.

Mein Großvater hielt immer eine deftige Brotzeit für uns bereit, wenn wir, hungrig von der Reise, bei ihm ankamen. Sie bestand aus einem frischen Wecken (Brötchen) und einem Stück luftgeräucherter Mettwurst (aale Wurscht). Das war einfach köstlich. Nie wieder habe ich eine schmackhaftere Wurst gegessen, die noch dazu herrlich duftete. Sie war von ihm selbst gemacht und auf dem Dachboden getrocknet.

Von unserer Großmutter gab es einen leckeren ‚Mohrenkopf aus dem kleinen Krämerladen im Dorf. Sie vergaß ihn nie, wenn sie zum Einkaufen ging und wir zu Besuch waren. Damals versorgten sich die meisten Leute im Ort noch selbst und kauften nur wenig im Laden.

Auch sonst war es bei Oma und Opa so ganz anders als bei unseren Eltern. Sie schenkten uns sehr viel Aufmerksamkeit, zeigten uns alles auf dem Hof und hatten viel Zeit für uns.

Wir schliefen auf Feldbetten im Wohnzimmer, gleich neben ihrem Schlafzimmer. Eine große Standuhr tönte jede Viertelstunde und wurde des Nachts angehalten, damit wir ruhig schlafen konnten. Ein großer Spiegel hing schräg, hoch oben an der Wand. Obwohl ich noch klein war, konnte ich mich darin sehen.

Nachts trugen die Großeltern lange, gestärkte Nachthemden. Der Opa hatte sogar eine Zipfelmütze auf, damit es ihm am Kopf nicht so kalt war, denn er war schon etwas kahl. Nur wenige Haare umrundeten seine Glatze.

Im Schlafzimmer stand ein schönes Waschgeschirr auf der Kommode. Es bestand aus einer großen Porzellanschüssel und einer dazugehörigen, geschwungenen Wasserkanne und wurde zur schnellen Abend- und Morgenwäsche genutzt. ‚Ist denn dein Zifferblatt schon sauber?‘, pflegte der Opa am Morgen zu fragen.

Unter den Betten standen Nachttöpfe mit Deckeln, die wir auch benutzten, denn zum Plumpsklo auf dem Hof war es weit. Man musste durch die Küche gehen und eine lange Treppe hinunter, an der Stalltür vorbei, zur Tür mit dem Herzchen. Nachts wollten wir auf keinen Fall da hinunter und gingen lieber aufs Töpfchen. Auch tagsüber war es nicht ganz gefahrlos, dort hinzukommen, weil es Hühner, Enten und Gänse gab, denen man begegnete. Wir hatten großen Respekt vor einem bunten Hahn, der immer versuchte, uns auf den Kopf zu fliegen.

Im Stall standen sechs Kühe, die auch als Zugtiere benutzt wurden. Sie hatten alle Namen: Lisa, Lotte usw. Wenn meine Oma sie melkte, sprach sie auch mit ihnen. Manchmal flog ihr dabei der Kuhschwanz um die Ohren und sie schimpfte. Die Kühe waren schwarz-weiß gescheckt und oft von Fliegen umgeben. Jeden Tag wurde der Stall ausgemistet. Sie hinterließen große Kuhfladen und viel feuchten Mist, der auf dem Misthaufen draußen neben dem Stall landete. Täglich warf Opa von oben aus einer Luke frisches Stroh in den Stall und verteilte es gleichmäßig unter den Tieren.

Es war spannend, ihm bei der Arbeit zuzusehen und die vielen ungewohnten Gerüche wahrzunehmen. Jedes Tier hatte einen besonderen Geruch und war mehr oder weniger angenehm. Die Schweine rochen ganz anders als Kühe oder Ziegen. Letztere mochte ich gar nicht und schon gar keine Ziegenmilch. Geschmack und Geruch waren mir einfach zu streng.

Mitten im Hof hatte Opa ein Taubenhaus auf einem Pfahl aufgestellt, das aussah wie ein wunderschönes Märchenschloss mit vielen Toren. Die weißen Tauben flogen dort ein und aus oder saßen am Rand, stellten ihre Schwanzfedern auf und gurrten. Manchmal zeigte er uns die kleinen Taubeneier und erzählte von ihren Besitzern und ihren weiten Flügen. Dass sie früher auch Briefe bzw. Botschaften, transportiert hatten, fand ich fantastisch.

Mein Großvater hatte das Schloss selbst hergestellt in seiner Werkstatt im Schuppen. Eine Holztreppe führte hinauf in einen lichtdurchfluteten Raum, in dem er bastelte, drechselte, baute und reparierte. Dies war sein Atelier, ein Arbeitsplatz für den Winter. Hier roch es nach frisch gesägtem Holz und Leim. Das Sägemehl war angenehm anzufassen und eignete sich gut zum Spielen. Ein hölzerner Puppenwagen und ein Schaukelpferd sind hier für uns angefertigt worden. Ich war beeindruckt. Mein Opa war nicht nur Landwirt, sondern Künstler und Handwerker zugleich. Außerdem züchtete er auch Bienen und versorgte uns mit frischem Honig. Auf der großen Obstwiese, gegenüber vom Wohnhaus, war er, in einem bunten Häuschen, als Imker tätig. Wenn die Kirschen reif waren, saß ich oben im Baum und sah ihm zu, wie er die Bienen mit einer Pfeife benebelte. Ich konnte nicht genug kriegen von den roten und tiefschwarzen ‚Kespern' (so hießen die Kirschen im Hessischen). Das Tollste war, dass ich die Steine so weit spucken konnte, wie ich wollte. Leider lagen sie dann im Gras und wurden gern von den Bienen besucht. Da wir barfuß durchs Gras liefen, blieb es nicht aus, dass ich auch mal auf eine Biene getreten bin und einen Stachel im Fuß hatte. Das tat höllisch weh, wurde aber sehr liebevoll von meiner Oma mit einem besonderen Hausmittelchen verarztet und gekühlt.

Auch meine Großmutter hatte viele Talente. Sonntags gab es den besten Rührkuchen, einen Marmorkuchen, den ich je gegessen habe. Sie hatte ihn schon am Samstag gebacken und über Nacht in den Kachelofen gestellt, aus dem es verführerisch duftete. Das ganze Haus roch danach. Uns lief das Wasser im Munde zusammen.

Vor dem Haus, in Richtung Süden, hatte Oma ihren Blumengarten mit den schönsten Blumen zu jeder Jahreszeit. Dazwischen lagen Kräuter- und Gemüsebeete. An der Hauswand war ein Spalier angebracht, an dem viele Trauben mit süßem Wein hingen. Ich konnte sie mir in den Mund wachsen lassen.

Mit meiner Oma durfte ich auf der Wiese das Heu wenden, darin herumtoben und helfen, es zum Trocknen aufzustellen. Sie trug bei dieser Arbeit ein helles Kopftuch gegen die Sonne und hatte fast immer eine Schürze umgebunden.

Wenn das Korn reif war, durften wir Kinder hoch oben auf den einzufahrenden Garben sitzen und uns von zwei vorgespannten Kühen ziehen lassen. Der Leiterwagen wurde vom Opa vollgepackt und mit einer langen Holzstange oben zusammengehalten; die Stange drückte das Getreide herunter und wurde vorn wie auch hinten mit Seilen gesichert. Das Korn musste meist schnell eingefahren werden. Einmal war der Donner schon aus der Ferne zu hören. Der Tag der Ernte war gut gewählt. Tagsüber war es recht schwül gewesen, was ein Gewitter ankündigte. Die ersten dicken Regentropfen trafen uns kurz vor der Einfuhr in die Scheune.

Abends, vor dem Zubettgehen, war dann Entspannung angesagt. Meine Oma löste ihre Haare, die sie zu einem Dutt geflochten trug, und ich durfte sie kämmen und bürsten. Ich war erstaunt, wie lang, dunkel und gewellt sie waren. Meine ‚Omama' hatte sanfte, braune Augen und sah immer etwas traurig aus. Vielleicht wegen der vielen Arbeit, die sie mit Haus und Hof hatte. Unterstützt wurde sie von der kleinen, runzeligen Uroma, ihrer Mutter, die wir auch noch erleben durften. Sie half ihr beim Kochen und ging oft mit der Kiepe auf dem Rücken hinaus in Feld und Wiesen, um Grünzeug für die jungen Gänschen zu sammeln. Diese kleine alte Uroma blickte auf ein langes Leben zurück. Sie hatte 14 Kinder geboren und starb, als ich zehn Jahre alt war, mit 92 Jahren im Haus ihrer Tochter. Ihre letzten Lebensjahre lag sie nur noch im Bett und kam nicht mehr aus ihrem Zimmer heraus. Wir durften sie dort besuchen, waren aber immer froh, wenn das vorüber war, weil wir die zahnlose Uroma kaum noch verstehen konnten und es bei ihr im Zimmer so merkwürdig nach Urin roch.

Oberhalb des Dorfes, am Hang mit Blick ins Tal und auf das Haus, befand sich der Friedhof. Hier spielten wir gerne, weil man alles gut überblicken konnte. Es war unheimlich und friedlich zugleich. Wir konnten Familiennamen suchen und wiederfinden. So auch später den der Urgroßmutter.

Meine Kinderaugen entdeckten so einiges, was im Geheimen bleiben sollte. Ich interessierte mich schon früh für die ausgestellten Fotos im Haus der Großeltern und betrachtete sie wissbegierig. Neugierig fragte ich meine Oma nach den Abgebildeten und wunderte mich, dass einer ihrer Söhne nie nach Hause kam. ‚Der ist weit, weit weg und kann nicht kommen', antwortete sie dann ausweichend und sah wieder sehr traurig aus.

Später, als ich erwachsen war, erfuhr ich die tragische Geschichte von meiner Mutter. Wir waren nicht nur Flüchtlinge, weil der Vater aus Ostpreußen kam, sondern auch weil Mutters jüngster Bruder die Familie durch eine Untat zur Flucht veranlasst hatte. Ein Drama, das beinahe dazu geführt hätte, dass meine Eltern, mein Bruder Moritz und ich nach Brasilien ausgewandert wären: Im Wirtshaus des kleinen Dorfes hatte der damals 18-Jährige nach einem Streit mit dem Gewehr um sich geschossen und ein Blutbad angerichtet. Er wurde verurteilt und kam ins Gefängnis.

Von dieser Tragödie erholte sich meine Oma nie. Meine Eltern waren froh, weit weg zu sein. Wir Kinder sollten unbelastet aufwachsen. Die Schande war zu groß. Auch wenn Kinder nicht wissen, was geschehen ist, spüren sie, dass etwas nicht stimmt, und sind besonders aufmerksam.

Es gab auch eine kleine Schule im Dorf, von der meine Mutter gern erzählte. Die Dorfschule hatte zu ihrer Zeit nur einen Raum mit Schülern von der 1. bis zur 8. Klasse. Die kleinen Kinder bekamen schon früh mit, was erlaubt war und was nicht. Sie erkannten schnell, wer ein guter Schüler war, wen der Lehrer lobte und wen nicht. Trotzdem konnte nicht aus jeder guten Schülerin etwas beruflich Erfolgreiches werden, weil die Mädchen den Jungen oft den Vortritt lassen mussten.

Zum Glück änderte sich dieses Denken nach dem 2. Weltkrieg auch in Deutschland langsam, aber von Gleichberechtigung war erst sehr viel später die Rede. Auch heute verdienen Frauen in vielen Berufen immer noch weniger als ihre männlichen Kollegen. Nach dem Krieg haben etliche Frauen ohne Männer viel zum Wiederaufbau beigetragen und dennoch, kaum waren die Männer aus der Gefangenschaft zurück, ihre Aufgaben wie selbstverständlich wieder abgegeben. Sie sind zugunsten der Männer zurückgetreten.

Ich gehöre, als Nachkriegskind zu den Frauen, die ihren Lebensunterhalt relativ problemlos selbst verdienen durften und unabhängig von einem Mann leben konnten. Meiner Mutter ging es noch nicht so gut. Sie wäre gerne Schneiderin geworden, durfte es aber nicht, weil das Geld knapp war. Stattdessen musste sie beim Förster als Haus- und Kindermädchen arbeiten. Sozusagen in Vorbereitung auf ihre Hausfrauen- und zukünftige Mutterrolle.

Als sie dann später mit Hartmut verheiratet war und viele Kinder versorgen musste, hat sie sich das Schneidern abends selbst beigebracht. Sie investierte in eine Nähmaschine und kleidete uns ein. Damit konnte sie günstiger wirtschaften und durfte noch dazu ein wenig kreativ sein. Es blieb nicht beim Schneidern. Sie hat auch sehr viel gestrickt. Zuerst mit der Hand, später mit einer Strickmaschine. Alle bekamen die schönsten Pullover. Sogar ihre Enkel noch. Es ist unglaublich, was sie alles geschafft hat, wie sie die Mehrfachbelastung gemeistert hat. Die Familie war ihr wichtig.

Den ersten Pullover hat sie für Hartmut gestrickt, als sie 1948 auf ihn wartete. Sie weiß heute noch, wie er aussah. Es war ein Norweger mit Hirschmuster.

Erst neulich, beim sonntäglichen Treffen, hat sie uns davon erzählt. Mein Vater hat aufmerksam zugehört. Diese Frau hat schließlich 25 Jahre wesentlich dazu beigetragen, dass er nach dem entsetzlichen Krieg Fuß fassen und ein gesichertes Leben aufbauen konnte. Mit ihr hat er fünf Kinder bekommen. Aus allen ist was geworden. Sie haben dazu beigetragen, dass Deutschland sich wieder sehen lassen kann in der Welt. Würde er das heute zu schätzen wissen?

Ich bezweifle es. Er ist damals dem Wirtschaftswunder aufgesessen und musste mit 50 Jahren alles über den

Haufen werfen, um Versäumtes nachzuholen. Die Familie hatte ihren Wert verloren! Seine Ehefrau Elli war zu sehr mit Haushalt und Kindern beschäftigt und konnte sich nicht auch noch um ihn kümmern. Ein sechstes Kind war zu viel für sie. Außerdem griff er zur Nuckel-Flasche, d. h., er traf sich nach Dienstschluss immer häufiger mit Kollegen zum Bier. Dabei wurde leider zu oft über den Durst getrunken.

Ein schleichender Prozess, der sich erst einstellte, als 1962 ein Reihenhaus in Hannover erstanden wurde. Die Familie zog wieder zurück in die Landeshauptstadt. Sie hätte es jetzt sehr viel besser haben können, im eigenen Haus mit Garten, wenn nicht der Vater in die Krise geraten wäre.

Moritz und ich wurden noch gemeinsam in Munster konfirmiert. Wir waren zwar schon nach Hannover umgezogen, fuhren aber zur Feier extra noch mal nach Munster. Die Mädchen traten in Weiß vor den Altar; die Jungen in ihren ersten dunklen Anzügen. Ich war das größte Mädchen in der Gruppe und Moritz gehörte zu den Kleinsten. Er wurde ein Jahr früher konfirmiert und war einen ganzen Kopf kleiner als ich; sein Längenwachstum ging erst später los. Ich hingegen war schon ausgewachsen und hatte den ersten Verehrer. Beim Gruppenfoto stand er, der größte Junge, direkt hinter mir und streichelte meinen Hals.
    Ausgerechnet jetzt mussten wir wieder umziehen. 50 Jahre später sahen wir uns wieder zur Goldenen Konfirmation. Wir mochten uns noch immer, doch er war verheiratet. Seine Frau begleitete ihn.
Sieben Jahre hatten wir sehr naturverbunden und behütet in der Heide gelebt, bevor es zurück in die große Stadt

ging. Auf dem Land konnte ich im Sommer auf Bäume klettern, in der Örtze Stichlinge fangen, im Wald Blaubeeren und Pilze suchen und im Winter wilde Schlittenfahrten vom Rodelberg erleben.

Da Munster damals noch kein Gymnasium hatte, wurden wir mit dem Militärbus nach Hermannsburg zur Schule gefahren. Ich konnte träumend aus dem Fenster über Felder und Wiesen schauen und meinen Bruder im Unterricht erleben. Er war gar nicht so schlau, wie meine Mutter ihn immer darstellte, sondern ganz schön faul und dickfällig. Oft machte er keine Hausaufgaben und verließ sich auf die große Schwester. Wenn er drankam, reichte ich ihm mein Heft zum Vorlesen und er war gerettet.

Einmal musste ich mit ansehen, wie er vom Lehrer eine ‚Backpfeife' bekam und eine ganze Stunde lang den roten Abdruck von fünf Fingern im Gesicht trug.

Er vermieste mir das ‚Fangenspielen' in der Pause, weil ich seiner Meinung nach schon zu groß war für so etwas und wie eine Giraffe hinter den Mäusen herlief.

In der Stadt war es so viel anders als auf dem Land. Ich kam auf eine Mädchenschule und musste verwundert mit ansehen, wie meine Mitschülerinnen sich bereits schminkten, in der Pause Tonbänder von den Beatles abhörten und danach die Hüften schwangen. Zuerst fühlte ich mich sehr fremd und es dauerte lange, bis ich wieder eine Freundin fand.

Wenn ich mir bewusst mache, wie abhängig ich als Kind von meinen Eltern war, wie wenig sie nach meinen Wünschen fragten und wie selbstverständlich ich ihnen folgte, staune ich noch heute. Umgekehrt wundere ich mich jetzt, wie abhängig und ergeben sie im Pflegeheim sind. Sie machen alles brav mit und haben sich in ihr Schicksal gefügt. Doch sie freuen sich sehr, wenn ich sie am Sonntag besuche und zusammenbringe. Das Gesicht meines Vaters fängt an zu strahlen, wenn er mich sieht. Meine Mutter erscheint mir viel milder und weniger zänkisch als früher. Gern gehe ich mit ihnen Torte essen und freue mich, wie gut es ihnen noch schmeckt. Mein Vater ist schon sehr dünn geworden, während meine Mutter immer runder wird und beim Essen aufpassen sollte. Doch ist das jetzt noch wichtig?

Der alte Herr fühlt sich wohl in dieser Einrichtung und fängt an, mobiler zu werden. Regelmäßige Krankengymnastik scheint ihm gutzutun. Manchmal übe ich mit ihm, ohne Fußstützen im Rollstuhl vorwärtszukommen. Er versucht kleine Trippelschritte und stößt sich nach vorn hin ab oder schiebt sich zur Seite. Es dauert eine ganze Weile, bis die Botschaft in den Füßen ankommt. Die Beine übereinanderzuschlagen, ist dagegen kein Problem. Mit diesen dünnen Beinchen ist das nicht schwer.

Dass sein Mitbewohner nach drei Monaten gestorben ist, habe ich ihm dreimal in wöchentlichem Abstand erzählt. Jedes Mal hat er mich erschrocken angesehen und nichts davon gewusst. Ist es sein Gedächtnis oder die Angst vor dem Tod? Ich kann nur erraten, was in ihm vorgeht. Über Gefühle zu reden, hat er nie gelernt. Manchmal spricht er auch so leise, dass er nur schwer zu verstehen ist.

‚Herr Parkinson' macht ihm auch immer wieder zu schaffen, wenn er sich irgendwo festhält und nicht gleich wieder loslassen kann. So wären wir beinahe nicht aus dem Fahrstuhl herausgekommen, weil er einen Griff erreichte und sich daran festhielt. Als ich ihn hinausschieben wollte, ging das nicht, weil er die Hand nicht öffnen konnte. Die Fahrstuhltür ging zu! Ich wurde nervös und forderte ihn etwas hektisch auf, loszulassen. Er sah mich erstaunt an, konnte aber nicht reagieren. Ich zeigte ihm, wie man die Hand auf- und zumacht. Er konnte es nicht. Der Klammergriff löste sich erst nach geraumer Zeit. Wir waren beide sehr überrascht. Ich war ins Schwitzen gekommen. Er wusste nicht, wie ihm geschah. Erleichtert verließen wir schließlich doch noch die Fahrstuhlkabine.

Meiner Mutter fällt es schwer, regelmäßig genug zu trinken. Sie musste deswegen schon ins Krankenhaus an den Tropf. Als ich ihr versuchte, die Zusammenhänge zu erklären, reagierte sie zuerst bockig. Nach dem Aufenthalt im Krankenhaus ging es aber dann besser mit dem Trinken. Mal sehen, wie lange das anhält. Ich sehe jetzt immer deutlicher, wie beider Verfall voranschreitet. Das Ende ist absehbar. Dann ist meine Generation die nächste, die gehen wird. So betrachtet, erscheint mir das Leben sehr kurz.

Ich frage mich jetzt öfter, wie ich die noch verbleibende Zeit sinnvoll nutzen kann. Meine Eltern lassen mich in den Spiegel schauen. Ihre Geschichte ist auch ein Teil meiner Geschichte. Mit dem Unterschied, dass ich mich nicht so sehr abrackern musste wie sie und Konsum mir nie so viel bedeutet hat.

Was waren sie stolz, ein Eigenheim zu erwerben, damals 1962. Es war ein Reiheneckhaus. Bauherr: die ‚Neue Heimat'. Als wir einzogen, waren die Toiletten noch nicht installiert. Ein paar Tage lang mussten wir auf den Eimer gehen, was uns an Oma und Opa erinnerte.

Als Familie mit fünf Kindern hatten wir einfach mehr Platz als zuvor und mussten keine Rücksicht auf geräuschempfindliche Nachbarn nehmen.

Ich bekam, mit fast fünfzehn Jahren, mein erstes eigenes Zimmer. Es war winzig: Ein Schrank, ein Tisch und ein Bett, mehr passte nicht hinein. Der Blick aus dem Fenster ging auf die Terrasse. Mir genügte es. Ein Rückzugsort zum Lesen und Träumen.

Moritz schlief im Esszimmer und bekam ein Schrankbett. Die drei Kleinen teilten sich ein geräumiges Kinderzimmer im 1. Stock. Wir waren alle froh, dass das ‚Zigeunerleben' endlich vorbei war. Karin, Helga und Alex wurden gleich um die Ecke eingeschult und mussten nicht, wie ich, ständig die Lehrer wechseln. Sie hatten eine Sandkiste im Garten, viel Platz zum Spielen und die großen Geschwister zum Geschichtenerzählen im Haus.

Oma Burga kam eigens aus Kassel, um den Rasen und die Blumenrabatten anzulegen. Sie übernachtete in meinem Zimmer und ich schlief, solange sie da war, auf dem Sofa im Wohnzimmer oder für die kurze Zeit oben, bei den Kleinen auf der Luftmatratze.

Das Haushaltsgeld war jetzt natürlich etwas knapper als vorher, weil das Haus abbezahlt werden musste, aber da war unsere Mutter durchaus erfinderisch. Immer zur Messezeit (Hannover war zur Messezeit ein internationaler Treffpunkt für Händler aus aller Welt; später kam die Cebit dazu und erweiterte das Angebot der Industriemesse im Computerwesen) wurden die Zimmer der beiden Großen kurzerhand vermietet. Wir schliefen dann alle fünf in einem Raum und hatten dabei kein Problem. Natürlich mussten wir vor den Gästen aus dem Badezimmer verschwinden und immer alles ordentlich hinterlassen. Das nahmen wir aber in Kauf, denn das finanzielle Zubrot war nicht zu verachten.

Meiner Mutter gefiel es sehr, Gäste im Haus zu haben und sie zu bewirten.

Die Messegäste waren zufrieden und kamen jedes Jahr gerne wieder.

Natürlich half ich der Mutter auch weiterhin im Haushalt oder auch bei ihrem abendlichen Job als Raumpflegerin in einem nahegelegenen Bürogebäude. Papierkörbe zu leeren und Schreibtische abzuwischen, waren ein Leichtes für mich und das trug dazu bei, dass ich, wie die anderen Mädchen in meiner Klasse, zur Tanzstunde gehen konnte. ‚Hagemeister' hieß die Tanzschule im Stadtzentrum, die ich besuchen durfte. Allerdings herrschte 1964 noch Sitte und Anstand in dieser Einrichtung und oft eine sehr steife Atmosphäre. Ich hatte zum Mittelball einen braven Partner. Er holte mich zu Hause ab, stellte sich meinen Eltern vor und besuchte mit mir eine Opernmatinee. Es gab den ‚Freischütz' von Weber und ich war tief beeindruckt. Einmal vom Inneren des Opernhauses und zum anderen vom Bühnenbild und der mir bis dahin völlig unbekannten Gesangsvorstellung. Auch wenn ich nicht alles verstanden habe, war die Vorstellung faszinierend. Ich wollte von nun an öfter in die Oper und besorgte mir, mit meiner Schulfreundin Christa, sehr bald Karten über die ‚Volksbühne' und einen Opernführer. Eine neue Welt tat sich auf und versöhnte mich mit dem Leben in der Stadt. Das konnte ich auf dem Land nicht kennenlernen, aber in Hannover, als Schülerin, relativ günstig erleben. Wir besuchten auch gelegentlich eine Theatervorstellung ‚am Aegi' und kamen uns schon sehr erwachsen vor.

Am liebsten jedoch vergrub ich mich in meinem Zimmer in einem spannenden Buch und konnte es gar nicht ertragen, dabei gestört zu werden. Doch das kam leider öfter vor, als mir lieb war, denn meine Mutter hatte mich auch zum Einkaufen eingespannt. Sie schickte mich mehrmals am Tag los, um irgendetwas zu besorgen. Immer wieder wurde ich aus einer schönen Geschichte gerissen und musste etwas einkaufen, was sie beim ersten Mal vergessen hatte. Gönnte sie mir das Lesen nicht? Es sah ganz danach aus. Die ersten Konflikte zwischen Mutter und Tochter bahnten sich an. Trotzig versuchte ich, meine Interessen zu verwirklichen. Immer öfter besuchte ich die Schulfreundin und begann, meine eigenen Wege zu gehen.

Mein Bruder hatte am Mittellandkanal einen Kanuverein gefunden und begann sich dort sportlich auszutoben. Irgendwo gab es immer eine Regatta zu fahren. Er war den ganzen Sommer unterwegs.

Ich war oft im nahegelegenen Freibad und durfte dort manchmal auch die jüngeren Geschwister beaufsichtigen. Hier konnte ich ungestörter lesen und ihnen das Schwimmen beibringen.

Ich besuchte die Ricarda-Huch-Schule in der Oststadt und musste täglich mit dem Rad dorthin fahren. Mit

Bus und Bahn war es sehr umständlich und nur bei völlig schlechtem Winterwetter angebracht. Das Radeln tat mir gut und machte den Kopf frei, vor und nach dem Unterricht.

In der Stadt war man stofflich sehr viel weiter als auf dem Land und ich hatte wieder große Mühe, mitzukommen. Besonders in Mathematik hatte ich zu kämpfen und bekam Nachhilfeunterricht von einer Mitschülerin.
Immer wenn der Unterricht mal ausfiel, gingen Christa und ich ins Eis-Café Panciera und gönnten uns einen leckeren Eisbecher. Der erste Italiener der Stadt war sehr gefragt. Inzwischen gab es auch schon Taschengeld und wir lernten, damit auszukommen, oder gingen in den Ferien arbeiten, um uns diese kleinen Extras zu leisten. Mit Christa setzte ich mich auch schon mal ins Stadt-Café oder wir besuchten die Holländische Kakao-Stube, wo wir unsere Hausaufgaben machten.

An einem Nachmittag traf sich die ganze Klasse im Kino, um den neu herausgekommenen Film ‚Doktor Schiwago' zu sehen und noch wochenlang davon zu schwärmen.

Aber sehr häufig saßen Christa und ich in ihrem Zimmer, hörten die Platten des Franzosen ‚Adamo', rauchten erste Zigaretten und lernten für den Französischunterricht. Beide liebten wir diese so wohlklingende Sprache. Sie konnte vom Schüleraustausch nach Frankreich erzählen. Mit dem Sportverein war sie schon einige Male in Perpignan gewesen und berichtete mir ausführlich davon. Ich hatte in Hermannsburg das erste Jahr Französisch gelernt und mich dabei glatt in den Lehrer verliebt. Seinetwegen lernte ich sehr viel fleißiger als sonst und konnte bessere Noten erzielen.

Leider wurden wir manchmal durch Christas Mutter gestört, die langsam, über die knarrende Holztreppe, nach oben kam. Sofort riss Christa das Fenster auf und versprühte Haarspray, damit ihre Mutter nicht merkte, dass wir rauchten. Auch sie hatte oft Auseinandersetzungen mit ihrer Mutter und versuchte, sie auszutricksen. Dann war da noch Thorben, Christas Bruder, der auf dem Dachboden sein Zimmer hatte. Er war ein Jahr älter als wir und begann mit mir zu flirten. Es folgten lange Knutsch-Orgien in seinem Zimmer, die aber immer hastig unterbrochen wurden, wenn die Mutter hinaufkam. Sie tat das regelmäßig und wir mussten uns etwas Neues einfallen lassen.

Manchmal unternahmen wir zu dritt Touren mit dem Fahrrad an Seen in der Umgebung oder gingen zum Minigolf. In der Öffentlichkeit waren wir sehr viel zurückhaltender, sodass wir uns kaum noch küssten. Das wurde auf die Dauer etwas langweilig. Wir verloren den Kontakt und sahen uns seltener.

Zu Hause hatten die Eltern große Sorgen mit ihrem jüngsten Sohn Alex. Bei jeder Kinderkrankheit bekam er hohes Fieber und drohte in Fieberkrämpfen stecken zu bleiben. Ich sah sie hilflos an seinem Bett stehen und weinen. Auch mein Vater war erschüttert. Mutter machte mit Essig getränkte Wadenwickel und kühlte die Stirn. Er war ein niedlicher, kleiner Junge, der wie ich gern am Daumen lutschte und ansonsten kaum Schwierigkeiten machte.

Zum Glück erholte er sich immer wieder. Er bekam auf Anraten des Arztes ein stärkendes Mittel und spielte bald wieder mit Karin und Helga. Meine Mutter wunderte sich jedoch und überlegte, ob in der Schwangerschaft etwas gewesen war. Es war die Zeit der Kinder, die durch das Medikament ‚Contergan' geschädigt waren. Auch sie hatte es verschrieben bekommen, aber auf Anraten des Vaters nicht genommen.

Aber wir hatten ihre Mutter, die traurige Oma, durch einen Schlaganfall verloren. Das muss zu Beginn der Schwangerschaft gewesen sein. Unsere Oma starb Anfang Januar und Alex wurde Ende Juli geboren. Wir sind alle mit dem ersten Auto, einem Käfer, noch ins Krankenhaus nach Kassel gefahren. Zurück fuhren wir mit der Hoffnung auf Besserung. Doch zu Hause angekommen, erreichte uns die Todesnachricht. Meine Mutter hatte einen dramatischen Zusammenbruch und erschreckte uns wieder sehr. Mein Vater versuchte, sie zu trösten, aber wir hörten sie noch lange heftig und herzzerreißend schluchzen.

Auch unserem Opa ging es danach schlecht. Er war nicht wiederzuerkennen. Früher hatte er gerne mal einen Witz erzählt oder uns ‚auf den Arm' genommen, jetzt saß er müde am Küchentisch und grübelte. Er verkaufte Kühe und Schweine und zog sich aus der Landwirtschaft zurück. Nichts war mehr wie vorher.

Doch er besuchte uns in Hannover und wir gingen in die ‚Herrenhäuser Gärten'. Wir versuchten, ihn aufzumuntern, und zeigten ihm die große Stadt. Ich besuchte mit ihm das Freilufttheater und er kam zu unserer Konfirmation. Ohne die Oma wirkte er jedoch sehr verlassen und einsam. Sie war viel zu früh gestorben. Sie ist nicht einmal sechzig Jahre alt geworden. Morgens, beim Ofenanheizen, ist eine Ader im Gehirn geplatzt und hat den Schlaganfall ausgelöst. Wäre sie nicht gestorben, hätte sie, halbseitig gelähmt, nur noch im Rollstuhl sitzen können und ständig gepflegt werden müssen. Ein kleiner Trost, den wir uns immer wieder sagten.

Auch Opas Hof veränderte sich danach. Mutters Bruder unternahm große Umbauten. Es kamen jeden Sommer viele Gäste aus dem ‚Ruhrpott', um sich im idyllischen Luftkurort zu erholen. ‚Fremdenzimmer' wurden benötigt. ‚Unser Dorf soll schöner werden!', war jetzt überall zu lesen. Auf der Obstwiese baute er ein beheiztes, überdachtes Schwimmbad für Kurgäste und Familie. Wir fuhren meist im VW-Käfer zu Besuch. Das ‚Wirtschaftswunder' hatte es möglich gemacht. Ich saß mit den Kleinen hinten. Moritz blieb in Hannover.

Zu Ostern brachen wir auf, sangen Frühlingslieder auf der Fahrt und gingen mit Onkel und Vater den Osterhasen im Wald suchen. Tatsächlich sahen wir ihn davonhoppeln und staunten sehr, wenn dann hinter einem Baum ein Nest mit bunten Eiern lag. Ich wusste natürlich, wer sie dort abgelegt hatte, durfte es aber nicht verraten.

Mit dem neuen Auto besuchten wir weitere Verwandtschaft in Schleswig-Holstein. Dort lebten viele Flüchtlinge aus Ostpreußen. Oma Burgas Brüder hatten sich nach der Flucht als Landwirte da niedergelassen.
　Wir waren zur Silberhochzeit beim Onkel Emil und der Tante Hilda eingeladen und wurden herzlich empfangen. Es war ein rauschendes Fest. Ich habe das erste Mal, ganz ohne geübt zu haben, getanzt. Die Musik war mir noch

am nächsten Tag im Ohr. Es wurde Ostpreußisch gesprochen, viel gelacht und gut gespeist. Die erwachsenen Söhne Ecki und Gerd gefielen mir sehr. Sie waren groß, schlank und männlich. Ich durfte auch mit ihnen Trecker fahren und natürlich auf dem Fest oft tanzen. Das war himmlisch, obwohl ich ihnen manchmal auf den Füßen stand. Sie lachten und nahmen es nicht krumm. Sie waren Cousins von meinem Vater und etwa so alt wie mein Onkel Alfred, der mit seiner Freundin ebenfalls gekommen war. Sie hieß Marlis und wurde später seine Frau.

Gemeinsam besuchten wir das Wattenmeer bei Husum und lernten diesen Teil Schleswig-Holsteins kennen. Nur, als sie abends in den ‚Krug' gingen, durfte ich nicht mit. ‚Dazu bist du als 15-Jährige noch zu jung!', entschied die zukünftige Tante und hatte damit meine Sympathie verloren.

Mein Vater hatte einen ostpreußischen Freund, der uns gemeinsam mit seiner Frau besuchen kam. Sie kamen aus Uruguay zurück, wo sie die letzten 15 Jahre gelebt hatten. Sie gehörten zu den Mennoniten, die, als Ostpreußen verloren war, nach Südamerika ausgewandert sind. Beide hatten sich später in Uruguay kennengelernt und beschlossen, nach Deutschland zurückzukehren. Sie waren noch ganz verliebt ineinander und zeigten das auch. Ein frischer Wind fegte durch unser Haus. Ich war von ihnen sehr angetan. Sie wollten nach Dänemark weiterfahren, um die Leute zu besuchen, die seine Frau nach der Flucht aufgenommen hatten. Ich fragte, ob sie mich mitnehmen könnten, und war willkommen. Für 14 Tage wurde ich einfach ‚adoptiert' und begleitete sie nach Dänemark. Meine erste Reise ins benachbarte Ausland!

Zuerst fuhren wir auf die Insel Röm und zelteten dort. Wir rollten uns die Dünen hinunter und hatten viel Spaß zusammen. Ich war beeindruckt vom Meeresrauschen in der Nacht und dem starken Wind am Strand, der ganz flach war und kilometerweit um die Insel herumlief. Am nächsten Tag ging es weiter nach Ribe, wo ganz in der Nähe der Hof lag, auf dem die Frau damals aufgenommen wurde und ein paar Jahre gelebt hatte.

Das war ein herzlicher Empfang mit Freudentränen! Die Familie hatte zwei blonde Söhne, die etwa in meinem Alter waren. Ole und Lasse nahmen sich meiner an und zeigten mir den Hof. Lasse spielte Trompete im Kuhstall und begrüßte mich mit einem Konzert. Sie waren beide sehr charmant und umgarnten mich. Wir verständigten uns mit Händen und Füßen oder auf Englisch, wenn das nicht weiterhalf.

Lasse konnte schon Auto fahren und wir fuhren noch einmal an den Strand. Dort standen viele Autos direkt am Wasser. Das Wasser war empfindlich kalt, aber unglaublich befreiend. Dafür war es hinterher im Auto wohlig warm. Ole küsste mich auf der Rückbank des Wagens. Wir aßen noch einen Hotdog und fuhren beschwingt zurück. Sie zeigten mir auch Kopenhagen und besuchten uns im nächsten Jahr in Hannover. Nach dem Essen bedankten sie sich immer sehr höflich bei meiner Mutter. Zwei ‚Gentlemen', die ihr auch gefielen.

Ich zeigte ihnen Hannover vom Rathausturm aus und wir mieteten ein Paddelboot auf dem Maschsee. Hier wurden sie wieder recht ausgelassen und schaukelten das Boot gekonnt über den See. Es war eine unbeschwerte Begegnung und Schwärmerei füreinander, die herzerfrischend den Alltag bereicherte. Ich bekam eine

Ahnung von der ‚Leichtigkeit des Seins' und denke noch immer gern an die beiden dänischen Freunde zurück.

Mein Vater war Mitglied im Bundeswehr-Sozialwerk und konnte seine Kinder dadurch günstig in Ferien-Freizeiten schicken. Ich kam in die Schwäbische Alp und meine beiden kleinen Schwestern an den Nordseestrand. Dann gab es noch das Müttergenesungswerk für Frauen, die sich mal von der Familie erholen mussten. In Mutters Abwesenheit versorgten Vater und ich die Geschwister und den Haushalt. Das ging erstaunlich gut. Mein Vater hatte keine Probleme, Bratkartoffeln und Spiegeleier auf den Tisch zu bringen, und hatte meist gute Laune. Wir hatten in dieser Zeit, wenn Mutter nicht da war, weniger Auseinandersetzungen als sonst. Oma Burga kam auch zum Aushelfen und ich schlief wieder auf dem Sofa. Meine Mutter konnte sich gut erholen.

Leider war für die beiden Mädchen die Freizeit an der Nordsee ziemlich verregnet und sie kamen schwer erkältet zurück. Helga wurde sogar lungenkrank und musste in die Klinik. Wir sollten nicht angesteckt werden und durften sie auch nicht besuchen. Sie kam nach Bad Rehburg auf die Isolierstation und war dort sehr unglücklich. Nur am Sonntag durften die Eltern zu Besuch kommen. Helga stand dann schon immer am Tor und wartete auf sie. Wir Geschwister winkten von Weitem und gingen in der Zwischenzeit spazieren. Sie bekam Kortison und wurde furchtbar dick. Was sich, als sie wieder nach Hause durfte, sehr schnell gab. Die Trennung von der Familie hat sie allerdings nie verkraftet. Sie war nicht mehr so fröhlich wie früher.

Heute denke ich, dass die starken Medikamente und die Hospitalisierung zur späteren Depression beigetragen haben.

Zur gleichen Zeit beendete ich die 10. Klasse und wäre gerne weiter bis zum Abitur gegangen. Aber der Vater hielt das für rausgeschmissenes Geld, weil Mädchen sowieso heiraten. Ich sollte Geld verdienen und ihm nicht länger auf der Tasche liegen. Er fand außerdem, dass ich in der Schule nur lernte, ‚mein großes Maul' aufzureißen, und sonst nichts. Leider waren meine Leistungen in der Pubertät auch nicht mehr so, dass ein Wiederholungsjahr in der Oberstufe ausgeschlossen werden konnte. Ich wusste nicht, was ich tun sollte, und willigte ein, erst einmal arbeiten zu gehen.

Er brachte mich bei der ‚Wehrbereichsverwaltung' im Büro unter. Ich sollte Regierungssekretärin werden und die Zeit bis zu meinem 18. Geburtstag als Büroangestellte überbrücken. Ich musste mich fügen. Zwar heulte ich nach dem ersten Arbeitstag und wollte nie wieder in dieses gefängnisähnliche Gebäude gehen, habe es aber am nächsten Morgen doch getan. Mit den Worten ‚Heule ruhig, morgen sieht die Welt schon anders aus', hatte die Mutter mal wieder recht behalten.

Tatsächlich war ich nicht schlecht untergebracht. Als jüngstes Küken in einer Abteilung mit überwiegend männlicher Besetzung hatte ich keine Not zu leiden. Die Herren behandelten mich zuvorkommend und sehr wohlwollend. Ich teilte den Schreibtisch mit einem jungen Oberinspektor, den ich alles fragen konnte. Am Anfang gab er mir sehr leichte Aufgaben und führte mich behutsam in die anfallenden Arbeiten ein. Ich musste Inhaltsverzeichnisse für verschiedene Akten schreiben. Das war langweilig und wenig anspruchsvoll. Ich fragte mich, warum ich überhaupt auf dem Gymnasium gewesen war. Aber alle waren nett zu mir und freuten sich über den Neuzuwachs.

Zur Einstellung wurde ich gesundheitlich überprüft und genau durchgecheckt. Dabei stellte man eine akute Nierenentzündung fest und steckte mich erst einmal ins Krankenhaus. Die Mandeln wurden entfernt und die Nieren kräftig gespült. Ein Safttag, ein Reistag und einmal Normalkost wechselten sich ab, bis die Werte wieder stimmten. Ich lag im Dreibettzimmer und soll nachts im Schlaf geredet haben.

Am neuen Arbeitsplatz wurde mittags in der Kantine gegessen. Danach machten die Herren einen Spaziergang durch den Stadtpark und nahmen mich mit. Sie hatten die Ruhe weg und dehnten die Mittagszeit gerne aus. Ich konnte mich schnell erholen. Morgens und nach Dienstschluss nahm mich mein Vater im Auto mit. Wir arbeiteten im gleichen Gebäude. Ich in der Verwaltung und er bei den ‚Uniformierten'. Weil ich jedoch nicht ausgelastet war, ging ich abends noch zur Volkshochschule und lernte weiter Englisch und Französisch. Die wenigen Frauen im Büro konnten alle mit der Schreibmaschine schreiben, aber ich nicht. Also machte ich einen Kurs und lernte auch das noch.

Im nächsten Sommer entdeckte ich eine Anzeige in der Bundeswehr-Zeitung, die mich interessierte. Es wurde eine Betreuerin für eine deutsch-französische Jugendfreizeit gesucht. Sie sollte Französisch sprechen können und mindestens 18 Jahre alt sein. Vier Wochen in Südfrankreich, Reisebegleitung und Betreuung von zwölf- bis 15-jährigen Mädchen aus Norddeutschland und Paris sollten für mich kein Problem sein. Ich wurde 18 und von der Arbeit dafür freigestellt. Endlich ein Job, der mir gefiel und mich nach Frankreich brachte. Ein Hoch der deutsch-französischen Freundschaft! Die Teilnehmerinnen hatten alle Väter, die bei der Armee tätig waren. Das Camp wurde von der französischen Armee organisiert und ausgerichtet.

Von Hannover aus begleitete ich die Mädchen aus Norddeutschland im Zug bis Straßburg, wo wir umstiegen, und dann weiter bis hinunter zur Station in St. Raphael, wo wir abgeholt wurden. Danach wurden die Gruppen zusammengestellt. Ich hatte zehn Mädchen aus Paris und fünf aus Norddeutschland zu betreuen.

Das war ein munterer Haufen mit quirligen Teenagern, die mir sehr viel Freude bereiteten. An unserem Tisch ging es besonders lebhaft zu. Wir aßen im Freien, vor der Sonne geschützt, an einem schattigen Platz unter Pinien. Es gab die üppigsten Menüs, mittags und abends, mit viel Obst und Gemüse. Sogar Rotwein stand auf dem Tisch und wurde ganz selbstverständlich mit Wasser verdünnt. Die Käseplatte war vielfältig und rundete die Gänge ab.

Das Mittelmeer war nicht weit. Wir konnten die Wellen schlagen hören. Aber immer erst am Nachmittag gingen wir schwimmen, nach einer ‚Siesta', wenn es nicht mehr so heiß war. Am Strand gab es Baguette und Schokolade für die, die hungrig wurden.

Die Mädchen waren zum Schlafen in einfachen Gruppen-Bungalows mit Waschräumen untergebracht. Ich hatte ein separates Zimmer. Nachts hörten wir die Zikaden singen. Am Sonntagvormittag wurde die französische Fahne gehisst und die Marseillaise gesungen.

Manchmal unternahmen wir kleine Wanderungen ins Hinterland zu den ‚roches rouge', beobachteten Eidechsen und sammelten heruntergefallene Pinienzapfen. Überall an den Wegen blühten der Oleander und die Mimosen. Als besondere Attraktion unternahmen wir eine Tagestour mit dem Zug nach Monaco, besichtigten den Jachthafen, das Schloss und das Aquarium. Das war eine romantische Fahrt direkt an der kurvenreichen Côte d'Azur, die alle begeisterte.

An meinem freien Tag besuchte ich Cannes und lief am kilometerlangen Strand entlang.

Zur Abschlussfeier sangen wir auch deutsche Lieder. Ich hatte den Kanon ‚Abendstille' ausgesucht und mit meiner Gruppe eingeübt. Die Französinnen liebten ihn und konnten gar nicht aufhören mit dem Singen. Es war schwer, auseinanderzugehen. Wir umarmten uns immer wieder mit heißen Küssen und Tränen in den Augen. Erlebnisreich reisten wir nach Hannover zurück und zehrten noch lange vom mediterranen Flair und der französischen Lebensart. Frankreich war für mich stets eine Reise wert. Dies war meine erste, aber es sollte nicht die letzte sein.

Mein Vater hat auch immer begeistert von Frankreich erzählt. Obwohl er dort als Gefangener war, ist es ihm recht gut gegangen. Er war bei einem Weinbauern auf dem Hof in der Nähe von Grenoble und hatte keine Not zu leiden. Obwohl es einige Leute im Dorf gab, die ihn bespuckten, weil er Deutscher war.

Es ist großartig, dass aus den benachbarten Feinden doch noch Freunde geworden sind. Beide Länder haben viel dafür getan. Ich durfte es aktiv miterleben. Französisch ist noch immer die Sprache, die ich am liebsten höre und bei Gelegenheit auch noch benutzen kann.

Im Elternhaus sah es dagegen düster aus. Die Stimmung wurde immer unerträglicher. Moritz und ich suchten so oft wie möglich das Weite. Seine Schulfreundin war die Rettung. Ihre Eltern verstanden sich gut und freuten sich, wenn die Tochter Gesellschaft hatte. Sie hatten eine Autovertretung in Hannover und arbeiteten viel. Am Sonntag nahmen sie sich Zeit und fuhren mit Freunden und der Tochter aufs Land. Moritz und ich durften so manches Mal dabei sein. Meist ging es in ein gemütliches Landgasthaus zum Essen. Die unbeschwerte Gesellschaft tat uns gut und brachte Abstand zur angespannten Atmosphäre zu Hause.

Manchmal ging ich auch mit in den Kanuverein und wir machten Bootsfahrten auf dem Kanal und der Leine. Gemeinsam besuchten wir einige Tanzveranstaltungen in der Stadt oder feierten zusammen im Verein. Wir verstanden uns jetzt viel besser als in der Kindheit und unternahmen gern was zusammen.

Moritz hatte nach der 10. Klasse keine Lust mehr, zur Schule zu gehen, und wollte so schnell wie möglich von zu Hause weg. Er hatte mit der Schulklasse die internationale Polizeiausstellung besucht und bewarb sich auf der Polizeischule. Das klappte sofort und er musste nicht mehr im Elternhaus wohnen.

Die schlechte Laune meines Vaters war nur schwer zu ertragen. Er benutzte die Mahlzeiten, um seine Predigten zu halten, und wurde dabei oft sehr laut. Ich konnte es nicht lassen, ihm zu widersprechen, und musste regelmäßig das Esszimmer verlassen und in der Küche weiteressen. Meine Mutter sagte nichts dazu, was mich noch mehr herausforderte, ihm entgegenzutreten. Zum Schluss nahm ich schon von alleine meinen Teller und ging mit einer frechen Bemerkung hinaus.

Mein Vater kam nicht damit klar, dass ich erwachsen geworden war und zu einer hübschen jungen Frau heranwuchs. Seine hässlichen Bemerkungen dazu, wie ‚Brett mit Warzen' und ‚wenn du so weiterwächst, kannst du bald aus der Dachrinne saufen', haben meinem Selbstbewusstsein schwer zu schaffen gemacht und meinen Widerspruch angeheizt.

Als es dann dazu kam, dass ich über Nacht wegblieb, rastete er noch mehr aus. Er rief mich ins Wohnzimmer und wollte mich zur Rede stellen. ‚Wie denkst du dir das weitere Zusammenleben mit uns?', war alles, was er hervorbrachte. Ich hüllte mich in Schweigen. Er nahm demonstrativ die Zeitung mit den Worten: ‚Ich habe Zeit!' Ich war müde und schwieg weiter. Bis mir schließlich die Augen zufielen, er sich wütend erhob und mir eine kleben wollte. Dabei traf er aber mit dem Handrücken meine Nase, die stark zu bluten begann. Ganz erschrocken suchte er nach einem Taschentuch. Ich erkannte meinen Vorteil, rannte ins Bad und schrie: ‚Hier wird man blutig geschlagen! Ich geh zur Polizei!' Jetzt ließ er mich in Ruhe. Ich konnte endlich wieder auf mein Zimmer gehen und mich ausschlafen.

Wenn er nach Dienstschluss betrunken nach Hause kam, gingen wir ihm, auf Mutters Anraten, immer aus dem Weg. Doch einmal ließ es sich nicht verhindern, dass ich ihm begegnete. Er war in der Küche und versuchte, eine Fischdose zu öffnen, was kläglich misslang. Ich fand das merkwürdig und sagte etwas dazu. Sofort wurde er wütend und wollte auf mich losgehen. Meine Mutter ging dazwischen, was ihn noch wilder werden ließ. Er beschimpfte auch sie.

Zufällig war Moritz im Haus und trat ihm als junger Polizist mutig entgegen. ‚Wenn du Martha was tust, kriegst du es mit mir zu tun', hörte ich ihn warnen. Das war zu viel für Vater. Er flippte nun erst recht aus und ging auf meinen Bruder los. Ich wusste nicht, was ich machen sollte, und lief zum Nachbarn, der ein Kollege war. Danach lief ich weiter, die Straße entlang, und traf zwei junge Polizisten, die Streife gingen. ‚Mein Vater schlägt meinen Bruder tot!', rief ich verzweifelt und bat sie, mitzukommen.

Als wir ins Haus kamen, war auch schon der Nachbar da. Er redete mit ihm im Wohnzimmer. ‚Wer hat Sie geschickt?", fragte er nun die Streife. ‚Wir haben den Lärm gehört', antworteten sie, was er jedoch nicht akzeptieren konnte. "Wo ist Ihr Vorgesetzter?", kam als Nächstes. ‚Da müssen Sie mit aufs Revier kommen!' Das wollte er tatsächlich auch. Nur dort war wieder nur ein junger Mann, den er nicht ernst nahm. Wir fuhren mit dem Mannschaftswagen zur nächsten Wache. Hier saßen endlich gestandene Polizeibeamte in seinem Alter und fragten: ‚Warum schlagen Sie denn Ihre Kinder?' Da brach er zusammen und weinte. Ich traute meinen Augen nicht und war peinlich berührt. Er musste versichern, es nicht wieder zu tun. Danach wurden wir wieder nach Hause gefahren. Mehr geschah nicht.

Am nächsten Tag fuhr er nicht zur Arbeit, weil er ein blaues Auge hatte. Mein Bruder muss ihn wohl getroffen und ihm ein ‚Veilchen' verpasst haben. Danach sprach er nicht mehr mit uns und die Stimmung im Haus wurde noch unerträglicher. Bis er mich sozusagen ‚rausschmiss'. Meine Mutter musste mit mir ein Zimmer suchen gehen. Aber ich fand selbst eins bei der Oma einer Freundin zur Untermiete. Erleichtert, aber auch traurig, rausgeschmissen zu werden, richtete ich mich bei ihr ein. Ich habe nie verstanden, warum dieser Vater sich so verhalten hat. War es der Alkohol, der ihn veränderte?

Ich wusste immer, dass er zu den Menschen gehörte, die einen weichen Kern haben, aber nach außen oft nur die raue Schale zeigen können. Bei sentimentalen Fernsehfilmen musste er immer weinen und versuchte, das vor uns zu verstecken. Im Nachhinein glaube ich, dass er die Geschehnisse des Krieges nie verarbeitet hat. Wie auch und mit wem? Seine Psyche war mächtig angeknackst und er hatte niemanden, mit dem er darüber reden konnte, ausgenommen seine ‚Zechbrüder'. Die Heimat durfte er als Soldat nicht besuchen. Erst nach der Grenzöffnung war das möglich. Da war jedoch vieles heruntergekommen und verfallen. Im Suff versuchte er, mit allem klarzukommen, und machte alles nur noch schlimmer.

Diese Form der Vergangenheitsbewältigung bleibt nicht ohne Folgen. Heute, mit über 90, hat er das Resultat: Demenz. Da sind etliche Gehirnzellen weggebrannt. Bei meiner Mutter, die nie auch nur einen Tropfen Alkohol zu sich genommen hat, ist wenigstens der Kopf noch richtig am Arbeiten. Leider ist sie aber sehr bequem und körperlich unbeweglich geworden, was sich auch behindernd auswirkt.

Beide, Vater und Mutter, veranschaulichen deutlich, wie es nicht sein sollte. Ich bin froh, das mitzubekommen, und hoffe, dass es mir einmal nicht so geht.

Erschreckend sind auch die vielen Medikamente, die beide zu sich nehmen. Ohne Antidepressiva kommt in diesem Pflegeheim wohl niemand aus. Hier arbeiten Ärzte, Pflegepersonal und die Pharmaindustrie Hand in Hand. Aber wie sollte man auch so viele alte Leute bei Laune halten?

Zum Glück gibt es auch Konzerte, die immer gut besucht werden. An den Gesichtern meiner Eltern kann ich ablesen, dass Musik sehr viel bewirkt. Sie freuen sich, dabei sein zu können. Ihre Mienen strahlen Zufriedenheit und Wohlwollen aus. Das teile ich heute gerne mit ihnen. Außerdem ist mein Vater jetzt so sanft wie noch nie. Beide sind sehr froh, nicht allein zu sein.

Dass ich mit knapp 19 Jahren schon eine eigene ‚Bude' bewohnen durfte, war natürlich nicht möglich ohne vorherige Absprache mit der Vermieterin. Vater und Mutter überzeugten sich bei der Dame und verfassten gemeinsam eine Hausordnung. Wichtigster Punkt: keine Herrenbesuche nach 22.00 Uhr. Schließlich war ich noch nicht volljährig.

Brisant wurde es, als ich einen festen Freund hatte und mir die ‚Pille' verschreiben lassen wollte. Die Hausärztin wollte die Unterschrift meiner Mutter sehen. Die zu bekommen, war nicht leicht. Meine Mutter weigerte sich, weil sie selbst schlechte Erfahrungen mit der Pille gemacht und eine Venenentzündung bekommen hatte. Ich musste schriftlich versichern, ihr niemals Vorwürfe zu machen.

Dann wurde ich auch bald 21 und konnte endlich unabhängig leben.

Gefühlsmäßig bin ich natürlich noch heute mit der Familie verbunden und freue mich, dass es sie gibt."

In den Achtzigerjahren begann für Martha ein neues, freies Leben. Sie konnte noch studieren, durch die Welt reisen und selbst entscheiden, wie sie leben wollte. Das können ihre jetzigen Schülerinnen noch nicht. Sie sind abhängig von ihren Männern und fest eingebunden in große Familien.

Martha lebt inzwischen allein. Der Sohn hat sein eigenes Leben. Sie sieht ihn nur selten. Auch der Enkelsohn kommt jetzt in die Pubertät. Oma Martha ist im Moment nicht angesagt. Sie ist froh, dass ihre Eltern noch leben, sie Zeit hat und beide besuchen kann.

So gern sie ihre Schülerinnen hat, tauschen möchte sie mit keiner. Es sind sehr liebe Frauen, die sie bewundern und die fleißig Deutsch lernen. Zu Hause ist aber der Mann, dem sie gehorchen, für den sie sorgen, putzen, waschen und kochen müssen. Er verdient das Geld, sie stärken ihm den Rücken und ziehen seine Kinder auf. Meiner Mutter ging es früher auch so. Bis zur Gleichberechtigung ist noch ein langer Weg.

Erst kürzlich konnte Martha miterleben, wie wenig sich die Frauen zutrauen, wie ängstlich sie noch sind, sich selbstständig zu bewegen. Die erste Deutschprüfung A2/B1 stand an. Zwei Jahre genossen sie schon den Unterricht und waren noch immer sehr unsicher. Wollten, dass Martha bei der Prüfung Händchen hält. Doch sie durfte nicht dabei sein. Sie mussten alleine klarkommen. Sie riefen sie aber hinterher an und erzählten, wie gut sie zurechtgekommen sind. Martha hatte sie natürlich sehr gut vorbereitet und wusste, dass sie es schaffen würden.
 Wenn sie ihnen sagte: „Eine Frau ohne Mann ist wie ein Fisch ohne Fahrrad", lachten sie zwar, schauten jedoch noch sehr ungläubig drein.
 Diese Familien haben viele Kinder ins Land gebracht, die sehr schnell Deutsch lernen. Sie haben eher die Chance, gleichberechtigt zu leben. Vielleicht gelingt es ihnen ja auch, ihr Land wiederaufzubauen und dort in Frieden zu leben. Die Wiedervereinigung Deutschlands hat auch sehr lange gedauert. Ostpreußen gehört jetzt zu Polen, kann aber wenigstens inzwischen jederzeit besucht werden.

Martha war neugierig, wie es in der Heimat ihres Vaters aussieht, und hat sich in den Ferien dorthin auf den Weg gemacht. Das westliche Nachbarland Frankreich war ihr vertraut. Das östliche Polen war neu zu entdecken. Busreisen nach Masuren waren beliebt. Sie suchte sich eine aus und hatte genug freie Zeit, sich von dort aus selbstständig auf die Suche zu machen. Im Hotel fand sie einen Taxifahrer, der deutschstämmig war und sie nicht nur zum väterlichen Gehöft hinfuhr, sondern auch als Dolmetscher fungierte. Er war damals nicht geflohen und ist in Polen aufgewachsen. Seine Familie hatte sich vor den Russen im Wald versteckt und konnte überleben.

Sie handelte mit ihm einen Preis aus und wurde nicht enttäuscht. Er war im Vergleich zu deutschen Preisen relativ günstig. Sie mussten ca. 150 km von Masuren in die Nähe von „Elbing", heute Elblag, fahren. Martha kannte nur den deutschen Namen des Ortes. Er fand ihn auf seiner Karte. Sie stellte sich neben das heutige Ortsschild und er machte ein Foto.

Ihr Fahrer sah den Hof zuerst. Sie traute ihren Augen nicht. Vor ihr stand, auf einer Warft, ein prachtvoll restauriertes Fachwerkhaus, reetgedeckt.

Damit hatte sie nicht gerechnet. Ihre Brüder hatten von einem Haus mit Wellblechdach gesprochen, das sehr heruntergekommen sein sollte. Das Reetdach zu erhalten, war anfangs nicht möglich gewesen. Zuerst hatte ein polnischer Gehilfe den Hof weitergeführt, aber vor fünf Jahren verkauft. Ein Architektenpaar aus dem ehemaligen Bromberg hatte es übernommen, aufs Feinste wiederhergestellt. Martha war beeindruckt. Eine Verwalterin zeigte ihnen alles. Sie telefonierte mit der jetzigen Besitzerin und erhielt die Erlaubnis dazu. Die neue Eigentümerin ließ herzlich grüßen. Adressen und E-Mails wurden ausgetauscht. Martha wurde eingeladen, nach Fertigstellung aller Gebäude wiederzukommen und auf dem ehemaligen Hof ihrer ostpreußischen Großeltern

Ferien zu machen. Das freute sie sehr und sie versprach es. Sie wunderte sich nur, warum gerade dieses Haus mit so viel Liebe hergerichtet wurde. Lag es daran, dass es schon 300 Jahre alt und von Mennoniten errichtet worden war, also einen historischen Wert hatte? Oder spielte vielmehr der nahegelegene Golfplatz eine Rolle? Auch wenn – es war ein Segen, dass es nicht verfallen musste, sondern zu neuem Leben erweckt wurde.

Martha konnte ihrem Vater davon erzählen und ihm die Bilder zeigen.

„Donnerwetter!", war sein Kommentar. Damit hatte auch er nicht gerechnet. Gern hätte er noch einmal alles gesehen, aber dazu reichten seine Kräfte nicht mehr. Seine Tochter würde ihm auch weiterhin berichten. Sie konnte nach diesem Besuch seine Sehnsucht besser verstehen. Auch sie war beeindruckt gewesen. Besonders gefallen hatten ihr der weißblaue Himmel über dem Land und die Gastfreundschaft der neuen Besitzer.

Marthas Vater war, wie auch die jetzigen Flüchtlinge aus Syrien und dem Irak, nicht freiwillig gegangen, sondern durch den unseligen Krieg dazu gezwungen worden. Ein Drama, das sich auch in anderen Teilen der Welt noch heute massenhaft wiederholt.

Kinder und Kindeskinder haben die Folgen zu tragen. Nicht immer läuft eine Rückkehr so freundlich ab wie in ihrem Fall in Polen. Martha weiß das zu schätzen und ist froh, dass sich in Europa vieles zum Positiven verändert hat.

Martha heute

lesen, schreiben, tanzen
Frau im 21. Jahrhundert

Der 92. Geburtstag

Martha fuhr jeden Sonntag ins Pflegeheim. Dort war ihr Vater untergebracht. Sie war seine einzige Besucherin. Er hatte Parkinson und war stellenweise dement.

Seine Sprache wurde immer undeutlicher. Er nuschelte vor sich hin. Sie konnte ihn kaum noch verstehen. Wegen starker Schluckbeschwerden wurde er neuerdings mit einem Bindemittel gefüttert. Doch hin und wieder konnte sie ihn zu Kaffee und Kuchen einladen. Auch Eis aß er gerne.

Er freute sich immer, wenn er sie erkannte.

Meist schob Martha ihn im Rollstuhl durch den Park. Sie wusste, dass er gerne draußen war und zeigte ihm die Natur. Er genoss es, die Vögel zwitschern zu hören und die warme Sonne auf der Haut zu spüren.

Doch in letzter Zeit behielt er oft die Augen geschlossen und zeigte nur noch wenig Interesse an seiner Umwelt. Es war, als wenn er lieber nach innen schaute und lieber hörte als sah.

Am 21. Mai hatte er Geburtstag. Martha plante einen Ausflug zum Steinhuder Meer und erzählte ihm davon. Er wollte es kaum glauben und bezweifelte, dass er es noch erleben würde.

Zum Glück gab es Transporter für Rollstuhlfahrer, die man mieten konnte. Das war sehr bequem. Er konnte mitsamt dem Rollstuhl in den Bus geschoben und problemlos transportiert werden. Martha konnte sogar ihre Mutter noch damit abholen und ebenfalls neben ihm, im Rollstuhl sitzend, mitnehmen. Die Mutter wollte unbedingt dabei sein. Schließlich hatten beide eine lange gemeinsame Geschichte und waren jetzt über 90 Jahre alt. Wie viele andere Gefährten waren bereits weggestorben!?

Die Mutter hatte sich besonders schön einkleiden lassen. Der Vater trug zur Feier des Tages eine Krawatte. Sie begrüßte ihn mit den Worten: „Hallo, mein Lieber!" und genoss es sichtlich, dabei zu sein.

Martha hatte für den Vater eine Sonnenbrille besorgt, in der Hoffnung, dass er damit vielleicht eher die Augen aufmachte. Sie wollte ihm die Segelboote auf dem Wasser zeigen. Aber er hatte die Augen auch hinter der Brille überwiegend geschlossen und verließ sich ganz auf seine Ohren.
Erst auf der Rückfahrt riskierte er wieder einen Blick.

Martha hatte noch ihren alten Freund Richard, der in Steinhude lebte, eingeladen und war froh, dass er kommen konnte, um die Mutter zu begleiten. Er wartete in den Strandterrassen auf sie und hielt den Tisch frei.
Sie waren also zu viert, um den 92. Geburtstag des Vaters würdevoll zu feiern. Alle anderen Familienmitglieder waren verhindert. Seine Söhne sahen in ihm nur den Erzeuger und nicht den Vater, den es zu ehren galt.
Wie schade, dachte Martha. Es kann auch sein letzter Geburtstag sein, so sehr, wie er abgebaut hatte.
Aber sie war froh, dass die Sonne schien; sie am geöffneten Fenster mit Blick aufs Meer sitzen konnten und in trauter Runde beisammen waren.

Richard unterstützte ihre Mutter beim Essen des frischen Erdbeerkuchens mit Sahne. Martha half dem Vater.

Auch Richard hatte eine feine Krawatte umgelegt und war festlich gekleidet. Er kannte ihre Eltern noch von früher und hatte kein Problem damit, ihnen Respekt bzw. Achtung zu erweisen. Dafür schätzte Martha ihn sehr und lud ihn noch auf einen netten Abend ein. Auch sie waren sich durch diesen Anlass wieder nähergekommen.

Im Saal hörten sie Kaffeemusik. Wie auf Bestellung war ein Klavierspieler engagiert worden, der diesen Geburtstag aufs Feinste abrundete.

Nach ca. einer Stunde verließen sie das Restaurant und machten sich auf den Heimweg. Im Auto erhaschte Martha einen zustimmenden Blick ihres Vaters und bekam damit die Bestätigung, dass sich der Aufwand gelohnt hatte.

Was sie damals noch nicht wusste, war, dass der Vater beschlossen hatte, nicht länger leben zu wollen. Wie ein „Indianer" wollte er langsam ins Reich der Toten hinübersiedeln. Schon seine Mutter und sein Großvater hatten sich mit 92 Jahren verabschiedet.

Er begann diesen Weg mit dem Augenzukneifen, aß dann immer weniger und trank zum Schluss auch nicht mehr.

Doch er hatte ein starkes Herz. Es dauerte noch ca. acht Wochen, bis es nicht mehr schlug. Martha konnte sehen, wie er immer weniger wurde. Am vorletzten Tag hatte sie die Gelegenheit, seine Hand zu halten und sich so von ihm zu verabschieden. Er hielt sie ganz fest. Sie konnte nicht loslassen und wusste, dass auch er sich von ihr verabschiedete.

Als dann ihre Freundin dazu kam und sie leise miteinander redeten, wurde er ruhiger und konnte wieder schlafen.

Am nächsten Morgen, gegen fünf Uhr, hatte er es dann geschafft und ist friedlich gegangen.

Liebe in studentischen Zeiten

Heute vor 45 Jahren hatte ich einen schweren, einsamen Tag – es war der Geburtstag meines Sohnes.

Lange her und doch, als wäre es erst eben gewesen. Ein Trauma, das ich nie vergessen werde.

Die Geburt musste eingeleitet werden. Sie war angeblich übertragen.

Ich kam am Morgen in den Kreißsaal, die Fruchtblase wurde „gesprengt", der Wehen-Tropf angelegt. Hin und wieder kam die Hebamme gucken. Ich lag da, völlig hilflos, wie bestellt und nicht abgeholt.

Das warme Fruchtwasser lief die Beine entlang. Anfangs war es noch angenehm. Die ersten Eröffnungswehen auch noch. Doch ich fühlte mich von allen verlassen. Wusste nicht, was als Nächstes kommt. Lag in dem sterilen Raum mutterseelenallein.

Dennis, der Vater, war auf Schicht im VW-Werk und wollte so schnell wie möglich kommen. Aber das war nicht machbar. Wir waren nicht verheiratet. Er musste bis 14.00 Uhr arbeiten und kam nicht früher los. Dabei hätte ich ihn sooo gebraucht.

Fünf Stunden lag ich in heftigen Wehen und wusste nicht, wie mir geschah. Alles, was ich in der Vorbereitung gelernt hatte, war vergessen. Ich atmete völlig falsch und hatte furchtbare Schmerzen. Der Tropf wurde immer schneller gestellt. Die Wehen kamen Schlag auf Schlag. Ich schrie wie am Spieß und fürchtete um mein Leben.

Dennis kam in der letzten Viertelstunde und machte mir Mut: „Du schaffst es ... Ich kann das Köpfchen schon sehen. Er hat lange schwarze Haare", waren seine Worte.

Der Arzt legte sich auf meinen Bauch und versuchte zu schieben. Es war die Hölle. Sie machten einen Dammschnitt. Dennis' Kommentar nach dem Nähen: „You look like a chicken!"

Ich versuchte zu pressen. Leider mehr in den Kopf als in den Unterleib, hatte blutunterlaufene Augen. Und dann war er doch endlich draußen und schrie, wurde gemessen und gewogen. 58 cm, 8000 Gramm. Er hatte tatsächlich lange, dunkle Haare und recht lange Fingernägel.

Dennis bekam ihn zuerst in den Arm. Tränen rannten über sein Gesicht. Ich war einfach nur froh, dass es vorbei war ...

Nachdem das Kind gereinigt und angezogen war, legte man es mir an die Brust und siehe da, es saugte die Vormilch und schlief dann vor Erschöpfung ein. Auch er sah mitgenommen aus, ganz schön gequetscht, aber ansonsten wie der Vater.

Es wurde dämmrig im Raum und die junge Familie für kurze Zeit allein gelassen. Ein schöner Moment und große Erleichterung für mich. Dass ich es tatsächlich geschafft hatte, dieses große Kind herauszukriegen. Sie haben zweimal gemessen, weil sie es nicht glauben wollten.

58 cm! Schwerstarbeit für mich und eine schreckliche Einsamkeit, die ich kaum verkraften konnte.

Doch damit nicht genug. Man nahm mir das Kind auch noch weg und behielt es auf der Säuglingsstation. Ich verstand die Welt nicht mehr und bekam einen „Heulkrampf". Schrie nach meinem Kind das halbe Krankenhaus zusammen. Nichts geschah.

Der Chefarzt entschuldigte sich am nächsten Tag. Mein Sohn durfte neben meinem Bett liegen und wurde nicht mehr separiert. Und als dann die Milch einschoss und ich drei Kinder hätte ernähren können, war der Kleine vom Saugen immer bald erschöpft und schlief friedlich an meiner Brust ein. Ich war überglücklich, hatte Brüste so prall wie Fußbälle und hätte viele Kinder ernähren können. Ein kleines Wunder! Denn so üppig war ich zuvor nicht ausgestattet. In der Pubertät sprach man von einem „Brett mit Warzen".

Als mein Vater zu Besuch kam, drückte ich ihn ordentlich an mich; so stolz war ich.

Nur das Abpumpen war lästig. Doch zum Glück kam Dennis zu Hause auf die Idee, besonders des Nachts, einen „Midnight Snack" zu sich zu nehmen. Er mochte die warme Milch und ich bekam keine Brustentzündung und amüsierte mich.

Manchmal war Dennis' unkomplizierte Art einfach großartig und erleichterte uns das Leben. Schade, dass wir es später nicht geschafft haben, mehr daraus zu machen.

Schwangerschaft

Die zweite Hälfte der Schwangerschaft war eine lustvolle Zeit gewesen. Ich war, dank der Hormone, sehr ausgeglichen und unsere Sexualität genussvoll. Meine Lust war nahezu unersättlich.

Wir wohnten in der oberen Etage eines Mietshauses; über uns war nur noch der Dachboden. Dort hatte Dennis sich ein Atelier eingerichtet, in dem er malte und bastelte. Immer, wenn es mich erotisch überkam, klopfte ich mit dem Besenstil gegen die Decke und er kam eilig herunter, um „das Weibchen" zu befriedigen. So viel Spaß hatten wir nie wieder ...

Leider sah es nach der Geburt ganz anders aus. Die Hormone mussten sich neu orientieren. Außerdem drehte sich jetzt alles um das Kind.

Es war ein Wunschkind! Wir sind extra zum Eisprung nach Paris, dem Geburtsort des Vaters, gefahren, um ihn an diesem Ort mit Genuss ins Diesseits zu holen.

Dennis hatte Freunde dort – Gille und Jean. Sie wohnten am Montparnasse. Er war Maler. Wir durften im Atelier übernachten. Es roch nach Farben und Papier. Der ideale Ort, um ein kreatives Kind zu zeugen.

Tagsüber bummelten wir durch die Stadt, saßen im Café und freuten uns auf eine lust- und erfolgversprechende Nacht. Es war Ostern, Anfang April. Der Frühling zog ein. Die Natur war auf Empfang. Wir auch.

Am 1. Mai, als wir längst wieder zu Hause waren, wussten wir, dass es geklappt hatte. Die Regel blieb aus und ein Ziehen in meiner Brust verriet die Veränderung. Der Festtag hatte eine doppelte Bedeutung und wurde stürmisch gefeiert. Natürlich ohne Alkohol.

Stolz verkündeten wir die Neuigkeit in der Wohngemeinschaft. Aber die glaubten nicht dran. Meinten, dass wir abwarten sollten. Die Regel könne sich auch verschieben. Ich jedoch spürte ganz klar eine körperliche Veränderung und lag richtig mit meiner Vermutung.

Die Anziehung

Vor einem halben Jahr hatte ich Dennis kennengelernt und das „Kinderkriegen" war sehr schnell Thema. Vielleicht lag es auch daran, dass rundherum gerade viele junge Leute an Nachwuchs dachten. Es war, als wenn die Hormone nur darauf gewartet hätten. Aber wir wurden von Freunden gewarnt; sollten uns Zeit lassen beim Kennenlernen und benutzten erst einmal Kondome. Vernünftig sein war angesagt. Schließlich kamen wir von unterschiedlichen Kontinenten. Er von der Südhalbkugel und ich aus dem Norden, sprachen unterschiedlich und waren sehr verschieden aufgewachsen. Doch ursprünglich waren wir beide Europäer.

Als ich Dennis kennenlernte, hielt ich ihn für einen Franzosen und das gefiel mir sehr ...

Wir sahen uns auf der Englandfähre von Hamburg nach Harwich im Oktober 1975 in der Cafeteria. Er gefiel mir sofort. Und ich ihm auch. Meine Aufmerksamkeit war auf ihn gerichtet. Er kam öfter an mir vorbei und holte sich ein Bier am Tresen.

Ich hatte eine allein reisende Frau mit Kabine kennengelernt, bei der ich als Studentin über Nacht kostenlos schlafen konnte. Sie nannte mir die Kabinennummer und verabschiedete sich bald. Als sie ging, kam er an den Tisch und leistete mir Gesellschaft. Er sprach Englisch, war Australier, aber in Paris geboren und zu Besuch in Hamburg gewesen. Jetzt fuhr er zurück zu Freunden nach England.

Ich wollte einen mexikanischen Urlaubsflirt in London wiedertreffen, was jetzt in den Hintergrund trat. Plötzlich ging es nur noch um Dennis und Martha. Wir verliebten uns. Eine magische Anziehung bestimmte uns. Erst als ich müde wurde, trennten wir uns. Ich schlief in der Kabine und er im Bordsessel. Am Morgen trafen wir uns wieder.

Als die Fähre in Harwich einlief, standen wir an der Reling und Dennis witzelte über jeden rundlichen Mann am Ufer, der mein Mexikaner hätte sein können.

Im Zug von Harwich nach London hatten wir ein Abteil für uns alleine und hätten uns beinahe gleich vernascht. Das Verlangen war unbeschreiblich.

Wir tauschten die Telefonnummern aus und verabschiedeten uns an der U-Bahn, wo Alfonso, der Mexikaner, schon wartete.

Ich war verwirrt und wusste nicht so recht, wie ich beide unter einen Hut bringen konnte. Doch, es dauerte nicht lange und ich erzählte von meiner Verliebtheit.

„Thats life!", war sein Kommentar. Alfonso hatte Verständnis. Wir blieben Freunde. Als Dennis anrief und mich abholen kam, gingen wir sogar gemeinsam zu einem Jazzkonzert. Alfonso hatte Freunde dabei, die bereit waren, Dennis zu verhauen, wenn er gewollt hätte. Doch dazu kam es zum Glück nicht. Alfonso blieb ein Gentleman.

Spät am Abend fuhr ich nach Sevenoaks zu Dennis' Freunden Jeanne and Paul. Sevenoaks liegt zwischen London und Bristol und war mit dem Zug gut zu erreichen. Die beiden lebten in einem der typischen englischen Backsteinhäuser mit Kaminen in jedem Raum. Das war sehr romantisch. Als wir zu Bett gingen, wurde der Raum, durch das Feuer im Kamin, angenehm beleuchtet und erwärmt.

Dennis war ein feuriger Liebhaber und unsere Lust unersättlich. Am Morgen brachte er den Tee mit Milch ans Bett und verwöhnte mich mit „Toast and scrambeld eggs".

Ich fühlte mich wie auf Händen getragen und hoffte, es würde so weitergehen.

Zusammenleben

Es war schnell klar, dass Dennis mit mir nach Hannover kommen würde. Außerdem war in meiner Wohngemeinschaft noch ein kleines Zimmer mit Hochbett frei, was zu unserem gemeinsamen Schlafzimmer wurde.

Der neue „exotische" Mitbewohner wurde von allen gern gesehen und begrüßt. Man freute sich, sein Englisch praktizieren zu können. Dennis hätte die deutsche Sprache nicht gebraucht. Doch ich schickte ihn zur Volkshochschule, weil er mich dadurch entlastete und er unabhängiger wurde. Dort traf er Mark aus Perth, der ihn unter seine Fittiche nahm und ein guter Freund wurde.

Ich musste ja auch noch studieren und hatte nicht immer Zeit für meinen Lover. Und damit begannen unsere ersten Schwierigkeiten. Es gab noch etwas anderes in meinem Leben außer dem „Herzallerliebsten". Da die Balance zu halten, war fremd für mich und machte uns das Leben schwer.

Wollte ich einmal die Nacht allein in meinem Zimmer verbringen, tobte er und randalierte. Mein Studium war ihm völlig egal. Ich sollte in erster Linie für ihn da sein. Aber das forderte meinen Trotz heraus, was zu vielen Auseinandersetzungen führte. Mein Englisch war leider nicht besonders gut und machte es mir schwer, differenziert zu argumentieren. Ich fühlte mich überfordert.

Er zog sich zurück und war beleidigt; sprach manchmal tagelang nicht mit mir und lief mit finsterer Miene herum.

Mit der Schwangerschaft war ich ihm entgegengekommen, aber auch noch tiefer in die Abhängigkeit gerutscht.

Als ich im Studium für eine Woche zu einer Exkursion nach Dänemark fuhr, musste er dann auch sofort fremdgehen. Der erste Knacks in der Beziehung, den ich leider nie verzeihen konnte und bei der nächsten Gelegenheit heimzahlen musste. Schließlich wollte ich gleichberechtigt sein. Aber offensichtlich hatte er davon in Australien nichts mitbekommen. Die Geschlechter verhielten sich dort, trotz allen Fortschritts, noch recht konservativ.

Unsere Erotik und Sexualität geriet in eine Schieflage. Ich hatte immer weniger Lust und er wurde immer unzufriedener; versuchte mich, mit zärtlichen Massagen, zu überreden. Mir wurde alles zu viel.

Ich ging mit dem Baby in die Vorlesungen, bekam aber vom Stoff kaum etwas mit, weil der Kleine meine ganze Aufmerksamkeit beanspruchte. Nachts war ich müde und wollte nur noch in Ruhe gelassen werden. Dennis warf mir Frigidität vor, und das verletzte mich.

Die Situation wuchs mir über den Kopf. Es war zu viel auf einmal. Nach drei Monaten stillte ich ab und konnte auch Dennis in die „Fütterung" integrieren und ihm die Betreuung mehr überlassen, um wenigstens einige Stunden zur Uni zu gehen.

Die Entscheidung

Nach ca. einem Jahr wurde ich unvermutet erneut schwanger und konnte es nicht fassen. Dennis freute sich und hätte gern noch einen Ableger gehabt. Das war zu viel für mich. Wie sollte ich mit zwei Kindern auch noch das Examen schaffen?! Ich konnte es mir nicht vorstellen. Außerdem gab es zu der Zeit die feministische Debatte zu „mein Bauch gehört mir" und ein Abbruch war sogar in Hannover möglich. Ich ging zu pro familia, schilderte meine Situation und bekam das Einverständnis zu einem Abbruch.

Wieder hing der Haussegen schief und danach verliebte ich mich auch noch bei meinem ersten Alleingang auf einem Sommerfest. Ich war nicht darauf aus, wurde aber einfach abgeschleppt. Dann wollte ich es wissen; war ich nun frigide oder nicht?

Ich traf auf großes Verständnis, viel Einfühlungsvermögen und hatte wieder Freude an Liebe und Sexualität.

Dennis trat den Rückzug an und fuhr nach England zu „Jane and Paul". Doch nach einem Jahr stand ich wieder alleine da.

An der Uni fand ich einen Aushang für eine Wohngemeinschaft auf dem Lande und nahm Kontakt auf.

In einem idyllischen Fachwerkhaus auf einer Anhöhe im Wald lebten zwei Paare mit jeweils einem Kind und ein befreundeter Single. Sie hatten noch Platz. Die Kinder waren, wie Tom, ca. zwei Jahre alt. Wir zogen im Herbst ein und bereiteten uns auf den Winter vor, d. h. ich musste ganz viel Holz hacken, damit es schön warm sein konnte.

Das stapelte ich, in unserem Zimmer oben unterm Dach, an einer Wandseite neben dem Ofen. Es sah hübsch aus und war praktisch zum Heizen. Besonders schön war es im Haus, wenn es dunkel wurde. Kerzen dienten der Beleuchtung und warfen ein heimeliges Licht in die Räume. Außerdem sah man dann auch den Schmutz am Boden nicht mehr. Wenn wir mal elektrischen Strom brauchten, wurde ein Generator angeworfen. Morgens musste in der Küche der Ofen angefeuert werden. Mir gefiel das anfangs sehr und ich war, da Tom früh wach wurde, immer die Erste, die Brennholz klein hackte, um den Herd in Gang zu bringen und Teewasser aufzusetzen. Wir hatten einen Holzklotz neben dem Herd, auf dem die Späne gehackt wurden. Das hallte durchs ganze Haus und alle wussten, dass es in Kürze etwas Warmes zu trinken gab. Langsam kam dann einer nach dem anderen an den Frühstückstisch. Ich war überrascht, dass die Kinder so lange ruhig blieben. Sie hatten sich den Eltern anpassen müssen, im Zimmer gespielt und gelernt zu warten.

Dann kam der harte Winter 1979. Alles war vereist. Wir mussten die Nacht durchheizen, um nicht zu erfrieren. Durch die alten Fenster zog der Wind. Die Ziegen im Stall drohten einzugehen. Dennis musste kommen. Ich benachrichtigte ihn; er kam und konnte die Fenster reparieren. Er war handwerklich sehr geschickt und konnte uns gut durch den Winter bringen. Was auch bedeutete, dass ich wieder studieren gehen konnte. Wir verabredeten, dass ich in der Woche bei meiner Mutter wohnen und am Wochenende raus aufs Land zu Mann und Kind fahren würde. Doch nach drei Tagen ging dieser Plan in die Brüche.

Ich hatte gerade wieder zu studieren angefangen und war am Abend mit Freunden unterwegs, als meine Mutter mir später erzählte, dass Mann und Kind vor der Tür standen und es auf dem Land zu Problemen gekommen sei.

Dennis wurde von der Partnerin eines eifersüchtigen Mannes verehrt und es kam zu handfesten Auseinandersetzungen, woraufhin Mann und Kind das Weite suchten. Wieder nichts mit Freiheit zum Studium, sondern zurück zur Kinderbetreuung. Dennis suchte Unterschlupf bei seinem alten Freund Mark in der WG und kümmerte sich am Wochenende um seinen Sohn. Ich versuchte den Spagat mit Kinderladen und Examensvorbereitung und suchte mir eine 2-Zimmer-Wohnung.

Dass ich die 1. Lehrerprüfung tatsächlich schaffte, grenzte an ein Wunder. Dafür musste ich aber auch morgens um 4.00 Uhr aufstehen, noch bevor Tom wach wurde, um in Ruhe lernen zu können.

Zum Glück bekam ich eine Referendarsstelle in Hannover und konnte den Sohn morgens vor der Schule im Kinderladen absetzen und mittags wieder mit dem Rad abholen. Er war dann immer so müde, dass er mir auf dem Rad im Körbchen einschlief und über dem Lenker hing. Hinzu kam, dass ich dann das schlafende Kind in den 3. Stock schleppen musste, um den Mittagsschlaf nicht zu gefährden.

Heute, nach so viel Jahren, erinnere ich mich gern an diese Zeit und wundere mich, wie ich alles unter einen Hut gebracht habe. Alleinerziehend, im Referendariat und immer auf der Suche nach einem passenden Partner. Auswahl hatte ich genug, aber ich fand auch immer sehr schnell ein „Haar in der Suppe".

Dann kam noch dazu, dass es 1981 in Niedersachsen keine Lehrerstellen mehr gab. Ich musste Taxi fahren, um über die Runden zu kommen. Eine zweijährige Arbeitsbeschaffungsmaßnahme (ABM) im Deutschen Taubblinden-Zentrum wurde mir angeboten. Zufällig war der Einrichtungsleiter der Großvater von Tommys Freund aus dem Kinderladen. Ich wurde eingestellt und lernte die lautsprachbegleitende Gebärdensprache. Die Arbeit war interessant. Im Einzelunterricht lernte ich, auf sehr unterschiedliche Behinderungen einzugehen.

In den Sommerferien wurde eine Fortbildung angeboten, an der ich teilnehmen durfte. Tom wurde von der Oma betreut.

Ich flog nach New York zum internationalen Kongress für Taubblinde. Unterkunft und Verpflegung wurden erstattet.

Das gefiel mir. Ich lernte viele unterschiedliche Pädagogen kennen. Darunter auch einen Schulleiter aus Australien.

Toni kam aus Melbourne und fing mächtig an, mit mir zu flirten. Abends lud er mich in die Pianobar ein und gab den gepflegten Tänzer beim Abschiedsfest. Ich versprach, ihn im nächsten Jahr in „Down Under" zu besuchen. Schließlich wollte ich Dennis' Heimat auch mal kennenlernen. Dieses Land auf eigene Faust kennenzulernen, war mir ein Bedürfnis. 26 Stunden Flugzeit waren nicht ohne.

1985 zu Ostern war es dann so weit. Meine Freundin Anne begleitete mich. Tom blieb zu Hause bei der Oma.

Und ich konnte Dennis endlich wiedersehen. Was aber nicht so leicht ging. Denn als ich ihn anrief und mitteilte, dass ich in Australien war, legte er gleich wieder auf.

Wir wohnten bei Tonis Familie, die sehr an meiner Geschichte interessiert war und mich drängelte, gleich noch mal anzurufen.

Beim zweiten Anruf war Claudia dran. Ich kannte sie aus Hannover. Sie war inzwischen seine Frau und versprach, mit ihm zu reden. Und siehe da, am nächsten Tag klappte es. Er lud uns ein, sie zu besuchen.

Ich konnte sehen, wie er jetzt lebte und war überrascht; alles war wie früher, er hatte nur die Frau gewechselt.

Wiedersehen nach 30 Jahren

An einem dieser verregneten Wochenenden im März 2017 hatte Martha nichts Besseres zu tun, als im Internet zu surfen.

Sie war vor sechs Wochen in die neue, seniorengerechte Wohnung gezogen und praktizierte nun das Älterwerden in der Stadt.

Doch bei diesem Wetter kriegte man keinen Hund vor die Tür. Es war ungemütlich kalt und regnete ununterbrochen.

Sie durchsuchte ihre Nachrichten und fand bei Google die Nachricht: Wiynand folgt ihnen. Wiynand, Wiynand … Das war doch ein holländischer Name! Sollte das ihr alter Freund sein??? Neulich hatte sie an ihn gedacht.

Martha wurde neugierig und antwortete schnell. „Wo bist du? Was machst du?"

Er war es tatsächlich.

Ein reger E-Mail-Austausch folgte.

Sie erfuhr, dass er noch immer in der Nähe von Amsterdam lebte. Auch seine zweite Frau war gestorben. Die Liebe seines Lebens. Zwanzig Jahre war er mit ihr zusammen gewesen. Vor vier Jahren war sie an einer seltenen Krankheit gestorben. Auch ihm ging es gesundheitlich schlecht. Leberkrebs war diagnostiziert worden. Man hatte ihn weggeschnippelt. Jetzt lebt er mit halber Leber, aber es geht ihm gut. Von einigen Wehwehchen abgesehen. Die Prostata sei noch in Ordnung. Er habe eine Freundin, lebe aber allein.

Wie er wohl heute aussieht?! Sie erfuhr es schnell. Er tätigte einen Videoanruf. Seine Technikbegeisterung war ungebrochen. Die war ihr schon damals aufgefallen. Jetzt hatte sie ihn ganz schnell im Wohnzimmer und er sie bei sich zu Hause. Er zeigte ihr sein großes Haus und erwähnte ein geräumiges Gästezimmer, das auf sie wartete.

Für seine 70 Jahre sah er noch erstaunlich vital aus. Fast noch besser als vor 30 Jahren. Damals war er sehr schlank und leider Raucher. Jetzt zum Glück Nichtraucher und kräftiger gebaut.

Sie hatten sich 1986 im Urlaub an der Algarve in Portugal kennengelernt. Martha war dort in den Osterferien auf einer Eltern-Kind-Reise mit ihrem zehnjährigen Sohn unterwegs. Abends, wenn die Kinder schliefen, versammelten sich die Eltern in einer Kneipe. Dort hatte sie Wijnand getroffen. Er war großgewachsen, ca. 1,90 m, und hatte sie angesprochen. Ihr gefiel der holländische Akzent und seine ungezwungene Art. Sein Deutsch war gut. Sie konnten sich unterhalten und kamen einander schnell näher. Seine Küsse und Zärtlichkeiten beeindruckten sie. Sie war alleinstehend mit Kind und verliebte sich in einen Mann, der zwar verheiratet war, aber getrennt lebte. Auch er hatte einen Sohn, elf Jahre alt, der zwischen Vater und Mutter pendelte.

Die beiden lebten seit einigen Jahren in Portugal. Er verdiente sein Geld als Bauleiter und wohnte in einem schönen Bungalow direkt am Meer. Seine Frau war ins Dorf gezogen, weil sie dort einen Freund hatte.

Wijnand war ihr Fremdgehen leid und suchte eine neue Beziehung. Martha genoss es, die Auserwählte zu sein. Sie machten Liebe am Strand. Er kannte geschützte Stellen, wo sie unbeobachtet sein konnten. Der Sex war gut. Sie konnten nicht genug davon bekommen.

Doch bald war die Beziehung kein Geheimnis mehr. Seine Ehefrau bekam es zugetragen und wurde unerwartet eifersüchtig. Sie tauchte abends in der Kneipe auf und wollte mit Martha reden. „Ich habe nichts zu verstecken", war der Kommentar von Wijnand. „Lass uns reden!" Also traf man sich.

Martha war überrascht, eine kleine, dralle Person vorzufinden, die stark unter Strom stand. Sie hieß Jorine und sprach mit ihr nur Englisch. Sie vereinbarten einen Termin für ein Gespräch. Es sollte am nächsten Abend in der Dorfkneipe stattfinden, gemeinsam mit ihrem Mann. Da Wijnand einverstanden war, stimmte auch Martha zu, obgleich sie nicht verstand, was hier vorging. Sie wollte keine Szene, eigentlich wollte sie nur glücklich sein. Auch Wijnand verstand nicht, was seine Frau wollte, war aber bereit, mit Martha am Treffen teilzunehmen.

Schon die Platzwahl am nächsten Abend war eindeutig.

Madame 100.000 Volt setzte sich demonstrativ neben ihren Mann. Martha saß gegenüber. „Er liebt mich", waren ihre ersten Worte. Martha runzelte verwundert die Stirn. Sie versuchte, einen klaren Kopf zu behalten und entgegnete, dass sein Verhalten anderes zeige.

Die kleine Frau geriet in Rage und versuchte, sie mit einem Glas Bier zu beschütten. Martha wich aus, erhob sich und ging zur Tür. Dieses Theater musste sie nicht fortsetzen. Die Furie schmiss das Glas nach ihr. Es zerschellte am Türrahmen. Martha suchte das Weite. Wijnand kam kurze Zeit später hinterher. Sie gingen zusammen zu seinem Haus. Der Weg vom Dorf war weit. Es war sehr dunkel. Er führte sie sicher durch die Nacht.

Sie liebten sich oben im Schlafzimmer des Hauses. Doch plötzlich forderte er sie auf, unter die Decke zu gehen. Sie wusste nicht, wie ihr geschah und tat es. Auch sie hatte etwas gehört. Jemand kam die Treppe hinauf und stand dann in der Tür.

Jorine war ihnen gefolgt. Wilde Beschimpfungen auf Niederländisch folgten. Sie riss an der Bettdecke. Wijnand hielt sie fest.

Martha wäre am liebsten im Erdboden versunken und vertraute auf die körperliche Stärke ihres Gefährten. Panische Angst ließ sie erzittern.

Endlich ließ Madame die Decke los und ging nach unten. Er hatte versprochen, nachzukommen. Doch vorher brachte er Martha in Sicherheit. In einem Nebengebäude sollte sie auf ihn warten. Sie hörte noch lange ein lautstarkes Streitgespräch zwischen den beiden. Es dauerte und dauerte, bis er sie endlich befreite und zum Campingplatz zurückbrachte. So viel Dramatik hatte sie noch nie erlebt. Angeblich konnte sich auch Wijnand keinen Reim darauf machen.

Die Osterferien näherten sich dem Ende. Der letzte Abend sollte mit den Kindern in der Disco begangen werden. Sie waren ganz wild darauf, mit den Eltern zu tanzen. Die bunten Lichter auf der ansonsten dunklen Tanzfläche begeisterten sie.

Doch auch hier kam es zu einem Zwischenfall. Jorine erschien plötzlich an der Tür und wollte sich auf Martha stürzen. Wijnand verständigte den Diskjockey, der ihm half, sie festzuhalten, damit Martha mit den Kindern ungeschoren hinausgehen konnte. Diesmal wollte er größeres Aufsehen verhindern. Wahrscheinlich war es jetzt auch für ihn zu viel heiße Luft. Obwohl ihm die Rolle „Liebling der Frauen" nicht unangenehm war.

Zu Hause, in Hannover, ging alles seinen gewohnten Gang. Martha war wieder Single, ging arbeiten, versorgte den Sohn und erzählte die Geschichte ihren Freundinnen, die es nicht glauben wollten.

Doch die Sehnsucht nach einem liebevollen Begleiter blieb.

Ende April nahm sie sich eine Woche frei und charterte einen Flug zurück zu Wijnand. Ihren Sohn konnte sie bei der Großmutter unterbringen. Sie hatte Zeit, über den 1. Mai den Geliebten zu besuchen. Das war 1986. Sie würde es nie vergessen.

Kaum war sie in seinen Armen, da hörten sie die Nachricht von dem Reaktorunfall in Tschernobyl. Das überschattete alles. Die bange Frage, wo die Wolken hinziehen, begleitete sie ständig. Portugal war weit weg, aber Hannover nicht. Was zog über den zurückgelassenen Sohn hinweg? Was regnete ab?

Sie war hilflos und gespalten. Einerseits in den Armen des Geliebten und andererseits ohnmächtig dem atomaren Geschehen ausgeliefert und in großer Angst um die Zukunft der Menschheit. Das von vielen Befürchtete war geschehen!

Martha hatte gegen Atomkraft demonstriert. Ist in Brockdorf gewesen. Konnte es nicht verhindern, dass Atomkraftwerke gebaut wurden. Angeblich waren sie sicher. Aber jetzt diese Katastrophe. Sie war erschüttert. Wie klein und nichtig war da ihre Liebesgeschichte im Vergleich?

Und doch hatte sie viel Staub aufgewirbelt. Wijnand wollte nicht mehr in Portugal bleiben. Er entschied sich, nach Holland zurückzugehen. Sie würden sich in Zukunft öfter sehen können. Sein Wohnort lag in der Nähe von Amsterdam. Er liebte das Autofahren und würde sie an den Wochenenden öfter besuchen. Seine Eltern nahmen Vater und Sohn fürs Erste bei sich auf. Die explosive Ehefrau blieb in Portugal.

Doch ohne diese Frau wirkte Wijnand fast ein wenig langweilig und sehr normal für Martha. Auch das Verliebtsein ging langsam vorüber, die Sehnsucht verflüchtigte sich. Auf Dauer wollte keiner der beiden im Land des anderen leben. So kam es, dass sie die Beziehung schließlich beendeten.

Wijnand blieb mit seinem Sohn in Holland. Seine Ehefrau zog später wieder zu ihm und starb 37-jährig am Herzinfarkt in seinen Armen. Kurz darauf verlor er auch seine Eltern. Er fand seine zweite Ehefrau, die Liebe seines Lebens und lebte 20 Jahre mit ihr, bis auch sie nach schwerer Krankheit 2013 starb.

Martha ließ die Vergangenheit noch einmal Revue passieren, als sie den Freund schließlich, nach 30 Jahren, besuchen fuhr. Im Zug hatte sie Zeit, über alles nachzudenken, und freute sich auf das Wiedersehen.

Damals war sie sehr gerne Gast in seinem elterlichen Haus gewesen. Beide Kinder durften dabei sein. Sie verstanden sich gut. Sie genoss die Rituale bei den älteren Herrschaften. Am Nachmittag, zum Fünf-Uhr-Tee gab es als Aperitif trockenen Sherry und Knabbernüsse. Zum Dinner wurden die Kinder aufgefordert, am Tisch sitzen zu bleiben, bis alle mit essen fertig waren und die Tafel aufgehoben wurde. Die Hausherrin war der Meinung, dass die Kinder, bei den heutigen Freiheiten, ruhig eine kurze Zeit warten lernen sollten, bis sie wieder herumtoben konnten.

Der Hausherr wirkte besonders gepflegt auf Martha, war sehr belesen und hatte einen tiefen Eindruck hinterlassen. Er hatte zur Kolonialzeit in Indochina gelebt und war bei der Marine tätig gewesen. Als Pensionär half er im Schifffahrtsmuseum und führte Besucher herum.

Beide Eltern wirkten auf Martha sehr harmonisch. Sie waren aufeinander bezogen und aufmerksam. Seine Mutter war zwar nicht gut auf Deutsche zu sprechen, weil sie im Krieg miterleben hat müssen, wie Holländer von den Nazis in einer Kirche erschossen wurden, bemühte sich aber um Freundlichkeit der Freundin des Sohnes gegenüber. Sie unterstützten den Sohn sehr gerne, auch wenn er nicht mehr mit seiner Frau zusammen war.

Wie würde es sein, ihn jetzt allein zu treffen? Er hatte am Telefon zwar auch von einer Freundin erzählt, mit der er in Urlaub fuhr, aber nicht zusammenwohnte. Irgendwie wurde sie den Verdacht nicht los, dass er immer noch mehrere Frauen brauchte, die um ihn buhlten. Aus Erfahrung wusste sie, dass Menschen sich im Laufe ihres Lebens nicht unbedingt änderten, und bat ihn daher, Wiederholungen zu unterlassen. Er versicherte ihr, dass die jetzige Freundin lange nicht so schlimm sei wie Jorine.

Abends, im Restaurant, machte er sich jedoch Gedanken darüber, was der Wirt wohl denken mochte, wenn er ihn schon wieder mit einer anderen Frau sah. Es gab da also nicht nur die eine Freundin. Martha registrierte es und wunderte sich nicht.

Erstaunlich war die Vertrautheit, die beide füreinander empfanden, obwohl sie sich so lange nicht gesehen hatten. Sie mochten sich noch immer. Er war zwar etliche Zentimeter geschrumpft und seine wenigen Haare waren grau bis silber, trotzdem gefiel er ihr. Sie fühlte sich wohl in seiner Nähe und spürte seine Zuneigung. Weibliche Fülle – sie hatte einige Kilo mehr als früher – zog ihn an und erotisierte ihn. Er mochte es, wenn sie sich beim Spaziergang unterhakte, und genoss die große Frau an seiner Seite.

Sie ließen sich Zeit, beschnupperten sich langsam. Sie forderte ihn heraus, wollte wissen, was er von ihr wollte. Wollte nicht eine von vielen sein. Sie ging am ersten Abend zum Schlafen ins Gästezimmer und zeigte sich bei aller Zuneigung recht spröde.

Er befürchtete schon, sie würde bald wieder fahren und war erstaunt, sie am nächsten Morgen gut gelaunt und munter anzutreffen.

Sie gingen zusammen einkaufen und hatten vor, eine Gemüsepfanne mit Fisch zuzubereiten. Danach las Martha ihm eine Passage aus ihrem frisch veröffentlichten Buch vor. Er hörte aufmerksam zu. Es ging um ihre Kindheit und Jugend, die er ja nicht kannte.

Am Nachmittag fuhren sie nach Zandtfort und gingen am Strand spazieren. Es war recht windig und frisch. Er machte ein schönes Foto von ihr. Den wärmenden Tee tranken sie windgeschützt im nahen Strandcafé. Auf der Heimfahrt schlief sie schon im Auto ein. Sie fühlte sich sicher und geborgen.

Vor dem Abendessen gab es einen Sherry, wie damals bei seinen Eltern. Sie speisten bei Kerzenschein und hörten klassische Musik.

Wieder schlief sie im Gästezimmer. Sie war müde und immer noch vorsichtig. Hörte manchmal Geräusche und befürchtete, dass es seine Freundin sein könnte. In der Nacht schlief sie tief und fest.

Am nächsten Tag, dem letzten vor der Rückreise, zeigte er ihr das Eisselmeer. Sie machten einen langen Spaziergang. An einer Brücke hatte sie Lust, ihn zu küssen, und spürte seine weichen Lippen auf ihren. Da sprang der Funke über. Beide spürten es gleichzeitig. Sie wollten mehr voneinander.

Abends teilten sie das Bett miteinander und versanken in einer Woge von Begehren und Lust. Jede Berührung war erregend.

Am nächsten Morgen stieg er zu ihr in die Dusche. Es wurde ein Badefest sondergleichen. Sie berührten sich mit großer Zärtlichkeit und Freude. Ihre Übereinstimmung war erstaunlich und beglückend zugleich.

Später brachte er sie zum Zug und küsste sie liebevoll zum Abschied.

Martha schwebte im siebten Himmel, fühlte sich aber danach sehr allein und verlassen. Wie hatte sie vorher ohne ihn leben können? Sie hat sich für eine unabhängige Frau gehalten und spürte nun ihre ganze Bedürftigkeit, Sehnsucht und Liebe. Aber sie wusste, so schnell würden sie sich nicht wiedersehen. Er hatte noch andere Termine. Über Ostern war er für eine Woche mit der Freundin in Paris. Danach für vier Wochen auf dem Land, um das Haus eines verreisten Freundes zu hüten. Anfang Juni wollte er nach Hannover kommen. Das waren noch sechs Wochen. Wie sollte sie das aushalten?

Nach einer Woche voller Sehnsucht kam endlich eine Videobotschaft, aber aus dem Krankenhaus. Sie war entsetzt. Er hatte Herzrasen. Der Puls war 140 anstatt 60. Man behielt ihn drei Tage zur genauen Untersuchung im Hospital. Was war geschehen?

Wijnand war bei einem Fußballspiel gewesen und hatte eine andere Freundin zum Essen eingeladen, sogar ein Bild von ihr gesandt. Martha fragte sich, was ihn wohl mehr aufgeregt hatte. Fragte ihn, ob sie eifersüchtig werden solle und teilte ihm mit, dass er ihr auch ohne diese Dame gefalle. Da war es wieder, das alte Misstrauen! Sie konnte nichts tun. Nur abwarten und Normalität leben.

Außerdem hatte sie gelernt, dem Positiven mehr Gewicht zu geben und war dankbar, dass sie noch immer so intensiv lieben konnte und diese Begegnung nach 30 Jahren erleben durfte.

Aber er stellte sie auf die Probe. Sie hörte nichts mehr von ihm. Sieben Tage kam keine Nachricht. Sie wusste, er war in Paris. Auf ihre SMS kam keine Antwort. Angeblich hatte er das Handy zu Hause liegen lassen. „Gute Ausrede", dachte sie. Ideal, um abzukühlen!!!

Diesem Kerl war nicht zu trauen. Oder gab sie ihm zu viel Macht über sich? Sie war verwirrt. Was war hier los? Sie konnte es nicht fassen. Wieder lief er mehrgleisig durchs Leben.

Doch dann kamen wieder E-Mails mit „Schätzli" und anderen Kosewörtern, die sie erst einmal abwarten ließen. Er vertröstete sie auf den Juni, berichtete von großer Müdigkeit und den Medikamenten, die noch nicht gut arbeiteten.

Das Alter, dachte Martha, und beschäftigte sich mit anderen Dingen.

Nach fast acht Wochen war es dann so weit. Er kam tatsächlich zu Besuch. Nur drei Stunden dauerte seine Fahrt.

Doch, das war nicht mehr der Mann, den sie begehrte. Er musste viele Tabletten nehmen, Blutverdünner und Betablocker, war ständig müde und sehr mit sich beschäftigt. Seine Attraktivität war gleich null. Martha war tief enttäuscht und machte drei Kreuze, als er nach drei Tagen wieder zurückfuhr. Nichts war mehr wie vorher.

Martha unterwegs

Hochzeit in NY

Martha wurde zur Hochzeit ihrer Nichte Carole eingeladen. Es handelte sich um eine ganz besondere Feier. Sie sollte in New York stattfinden. Das Paar bestand aus zwei Frauen, die sich dort kennengelernt hatten. Außerdem sollte das Fest an Silvester 2016 begangen werden.

So etwas gab es nicht jeden Tag. Ihre Nichte heiratete die Freundin. Martha freute sich. Doch besondere Umstände warfen ihre Schatten voraus.

Rechtzeitig besorgte Martha das Ticket übers Internet. Sie hatte Glück und fand einen günstigen Flug. Er ging jedoch über Wien. Sie musste früh aufstehen, um ihn von Hannover aus zu erreichen. Um 5.00 Uhr war das Taxi bestellt. 6.55 Uhr startete der Flieger. In ihrer Aufregung hatte sie vergessen, ein Visum für Amerika zu beantragen. Die Dame am Schalter kannte das schon und gab ihr eine Telefonnummer, um das sogenannte ESTA zu bekommen. Martha war erleichtert und konnte pünktlich starten.

Von Hannover nach Wien brauchte der Flieger nur eine Stunde. Doch dann begannen die Schwierigkeiten. In Wien konnte sie nicht einchecken, weil mit dem ESTA was nicht stimmte. Angeblich lag es an der Schreibweise des Vornamens, der mit der Eintragung im Pass nicht übereinstimmte.

Das Flugpersonal am Schalter wirkte sehr gestresst und ließ sie nicht an Bord gehen. Martha sollte das ESTA neu beantragen, kam aber telefonisch nicht durch.

Der Flieger hob ohne sie ab.

Was konnte sie machen? Sie suchte Hilfe und irrte auf dem Flughafen herum. Austrian Airlines zeigte sich unflexibel und abweisend. Martha versuchte, einen ruhigen Kopf zu behalten und den nächsten Schritt zu unternehmen. Sie musste nachdenken und einen Weg finden, um weiterzukommen. Sie fand eine Unterkunft im Hotel am Flughafen. So schnell gab sie nicht auf. Es war gut, dass sie sich schon am 2. Weihnachtstag aufgemacht hatte und nicht erst kurz vor Silvester. Im Hotel konnte sie sich erholen, frisch machen und nachdenken.

Nach dieser Pause ging sie erneut zum Flughafen und klapperte die Last-Minute-Reisebüros ab. Bei Altur fand sie einen kompetenten Mann, der ihr behilflich war. Er setzte sich an seinen Computer und fand die Genehmigung der Einreisebehörde. Damit ging Martha erneut an den Schalter der Fluggesellschaft und bat um eine Umbuchung für den nächsten Tag. Doch deren System zeigte immer noch kein O.K.

Sie kam nicht weiter und war drauf und dran, wieder nach Hause zu fahren. Allerdings entsprach ihr das ganz und gar nicht. Sie war eine Kämpfernatur. So leicht gab sie sich nicht geschlagen. Sie fragte nach einer Beschwerdestelle und erfuhr, dass man sich nur schriftlich übers Internet beschweren konnte.

Martha übernachtete im Hotel und machte sich frühmorgens wieder auf, um erneut ihr Glück am Flughafenschalter zu suchen.

Erstaunlicherweise traf sie diesmal auf zugänglichere Servicekräfte, die mehr Verständnis hatten. Sie sollte eine Stunde vor der Abflugzeit wiederkommen und eventuell im Standby fliegen können. Das klang vielversprechend. Sie ging erst einmal frühstücken, wurde dann aber unruhig und versuchte es erneut am Schalter.

Plötzlich sah alles ganz anders aus. Sie hatte den Verdacht, dass man sich inzwischen mit den Leuten vom Vortag abgesprochen hatte, denn nichts ging mehr. Sie sollte mehr als 1000 € für die Umbuchung zahlen. Sie fragte nach dem Manager, der kein Entgegenkommen zeigte. „Das wird wohl nichts mit Ihrer Einreise", war sein Kommentar.

Martha wandte sich erneut an den Mann von Altur. Der war bereit, alles Nötige in die Wege zu leiten, damit sie um 10.45 Uhr starten konnte. Zwar musste sie auch ein neues, teures Ticket kaufen, aber er begleitete sie bis durchs Gate und schaffte es, dass sie endlich doch noch fliegen konnte. Das ESTA beantragte er ebenfalls neu und bekam prompt die Bestätigung.

Martha war erlöst, wenn auch um viele Euros leichter. Sie nahm sich vor, nach Beendigung der Reise zu reklamieren.

Als sie endlich im Flieger saß auf dem langen Flug bis NY, hatte sie genug Zeit darüber nachzudenken, wie unterschiedlich Menschen sein können. Ihr waren zwei Extreme begegnet. Auf der einen Seite Servicemitarbeiter von Austrian Airlines, die sich stur an Anweisungen hielten und Eigentätigkeit nicht zuließen, auf der anderen Seite ein selbstständig arbeitender Leiter einer kleinen Filiale, der schnell in der Lage war, das Problem zu erkennen und entsprechend zu handeln. Er konnte über den Tellerrand blicken und weiterhelfen.

Natürlich nahmen die Amerikaner die Einreise in ihr Land sehr ernst, aber sie wussten auch, dass eine Frau über 60, noch dazu aus Deutschland, in der Regel keine Gefahr für sie darstellte.

Endlich auf dem JFK-Airport angekommen, wurde es erneut schwierig. Hunderte von Touristen mussten abgefertigt werden. Das dauerte. Die Luft war schlecht. Alle mussten stehend auf die Passkontrolle warten. Aber auch hier gab es Menschen, die differenzieren konnten. Sie wurde gefragt, wie oft sie schon eingereist war, und bekam einen Sonderstatus, weil es das dritte Mal war. Sie konnte unbehelligt passieren.

Vor dem Flughafen fragte sie nach dem schnellsten Weg nach Brooklyn und wurde an den Taxistand verwiesen. In nicht einmal 30 Minuten und für 34 $ kam sie ans Ziel. Der Taxifahrer war außerdem noch so nett, ihre Vermieterin Stephanie anzurufen, um sie anzukündigen. Martha hatte bei ihr über Airbnb für zehn Tage ein Zimmer gebucht und war in Sorge, dass es wegen der Verspätung schon weitervermietet sein könnte. Doch Stephanie freute sich über ihre Ankunft und empfing sie herzlich mit ihrem farbigen Mann und drei entzückenden Mischlingskindern.

Martha teilte das Bad mit einem Ehepaar aus Australien und einer Gruppe aus Mexiko.

Weil der lange Flug sehr anstrengend gewesen war, ging sie früh schlafen, nachdem sie sich für den nächsten Tag mit ihrer Nichte verabredet hatte.

Am frühen Morgen erlebte Martha eine neue Überraschung: Sie kam nicht ins Bad. Die Tür ließ sich nicht öffnen. Sie war mit einem Drehknopf versehen, der sich nicht mehr drehen ließ. Gegen 6.30 Uhr musste sie die Gastfamilie wecken, die im Nachbarhaus wohnte. Auch die waren hilflos und bestellten einen Handwerker, der schließlich ein neues Schloss einbauen musste.

Zum Glück konnte Martha vorher nebenan die Toilette benutzen, nachdem sie auf ihre Notdurft aufmerksam gemacht hatte und um einen Eimer gebeten hatte. Manchmal geraten die elementarsten Bedürfnisse in den Hintergrund, wenn es um technische Veränderungen geht. Hinterher konnte sie darüber lachen.

Aus der Verabredung mit der Nichte wurde nichts. Sie ließ durchblicken, mit den Vorbereitungen für das Fest ziemlich überfordert zu sein und vertröstete sie auf den Hochzeitstag.

Martha war mal wieder auf sich selbst gestellt. Geübt, allein klarzukommen, ging sie auf Entdeckungsreise. Für den Notfall hatte sie die Adresse der Brauteltern.

Als es am nächsten Tag regnete, stattete sie den Brauteltern einen Besuch ab und konnte das Chaos selbst in Augenschein nehmen. Drei Leute waren damit beschäftigt, die Hochzeitstorte herzustellen. Im Haus herrschte ein wildes Durcheinander.

Der Einzige, der sich um sie kümmerte, war Richard, Caros Vater. Er hatte 1975 in Hamburg Germanistik studiert und sprach sehr gut Deutsch. Später begleitete er sie auch bis zur U-Bahn und zeigte ihr den Weg zur Kirche. Sie erfuhr auf diese Weise, dass die Trauung am

31.12. um 14.00 Uhr beginnen und die Feier später bei den Eltern fortgesetzt werden sollte. Mit Grauen stellte sie sich die Länge der Veranstaltung vor. Um 24.00 Uhr musste auch noch auf das neue Jahr angestoßen werden. Zehn Stunden feiern war fast zu viel für sie. Ihre Unterkunft war 50 Minuten entfernt. Wo sollte sie sich zurückziehen? Sie war keine 20 mehr!

Dummerweise hatte sie sich auch noch eine Erkältung zugezogen und fühlte sich von daher schon eingeschränkt. Sie hatte keine Lust, auch noch des Nachts unterwegs zu sein. Die bisher gesammelten Eindrücke beim Fahren mit der U-Bahn genügten ihr vollkommen.

Junge Farbige vollführten Breakdance-Übungen an den Haltestangen im Wageninneren. Die passende Musik dazu hatten sie in ihren Recordern dabei. Hinterher kassierten sie ungeniert bei den Fahrgästen. Aber auch andere, weniger nett anzuschauende Leute mit Gesichtsverletzungen baten um eine Spende. Vielen Menschen in dieser Stadt schien es nicht sehr gut zu gehen. Sie hatten um ihre Existenz zu kämpfen und ließen sich einiges einfallen.

Doch erstaunlich war, wie viele unterschiedliche Menschen aus allen Teilen der Welt hier friedlich zusammenleben konnten.

Am Vortag der Feier besuchte sie Chinatown und ging hier zum Frisör, um zu entspannen, die Haare waschen und stylen zu lassen. Das war nicht teurer als in Deutschland. Sie bekam sogar noch eine Nackenmassage zusätzlich.

In der Nähe ihrer Bleibe hatte sie ein nettes Bistro entdeckt, in dem sie immer frühstückte. Ihr gefielen die bunten Weihnachtskugeln an den Oberlichtern der

Fensterscheiben und die freundliche Bedienung. Hier saß sie auch am 30.12. um 17.00 Uhr zur Happy Hour und trank Rotwein. Sie blickte durchs Fenster und bemerkte, wie es zu schneien anfing. Silvester im Schnee konnte sehr romantisch werden. Leider war das Vergnügen nur von kurzer Dauer. Angekündigt war mehr Schnee, aber er kam nicht.

Die Nächte in ihrer Unterkunft waren kurz. Das Team der Mexikaner im Nachbarzimmer gab sich völlig unbekümmert. Bis nachts um drei unterhielten sie sich lautstark bei geöffneter Zimmertür, ohne Rücksicht auf die Nachbarn zu nehmen. Sie musste sich erst erheben und um Ruhe bitten, bevor sie die Tür schlossen und leiser wurden.

Dann war es endlich so weit. Der letzte Tag des Jahres und die Eheschließung fanden statt.

St. Pauls hieß die Kirche nahe der elterlichen Wohnung. Martha machte sich rechtzeitig auf den Weg und traf auf ein Sängerpaar aus dem Kirchenchor. Sie machten sich miteinander bekannt. In Amerika eine Selbstverständlichkeit und für sie sehr angenehm, schon jemanden zu kennen.

Der Pastor war noch dabei, sich auf die Predigt vorzubereiten. Laut rezitierte er den Text.

Und dann wusste sie, warum sie all die Strapazen auf sich genommen hatte. Eine würdevolle Zeremonie begann. Das lesbische Brautpaar nahm es sehr ernst mit dieser Festlegung auf ein gemeinsames Leben.

Beide waren in festliche Kleider gehüllt, trugen hochhackige Schuhe und sprachen dem Pfarrer den Treueeid mit fester Stimme nach. Sie gingen Hand in Hand vor den Altar und steckten sich schmale Goldringe an die Finger. Eine gute Freundin hatte sie handgeschmiedet.

Sie küssten und umarmten sich, wussten genau, was sie taten. Sie wollten eine Familie gründen. Kinder sollten später dazugehören. Sie hatten sich informiert. Eine künstliche Befruchtung war eingeplant.

Ganz selbstverständlich standen sie zueinander. Die Liebe war für alle spürbar. Der Pfarrer und eine Pastorin segneten sie. Das frisch getraute Paar nahm neben dem Altar Platz. Sie und alle Gäste, ca. 100 Leute, folgten einem musikalischen Konzert, dass von Caros Vater, der Schwester und Freunden ausgerichtet wurde.

Zum Abschluss verließen Caro und Carole, gefolgt von der Familie, wieder Hand in Hand die Kirche.

Im Nebenraum wurden die Gäste von beiden einzeln begrüßt, umarmt und zum Sektempfang gebeten. Jetzt meldeten sich auch die beiden Väter mit zum Glück kurzen Glückwunschreden zu Wort. Martha fragt sich, wie es wohl für diese beiden war, ohne Schwiegersöhne auskommen zu müssen. Sie bemühten sich redlich, beiden ein schönes Leben zu wünschen. Caroles Vater auf Deutsch, der andere auf Englisch.

Für Martha wirkte das etwas aufgesetzt. Wirkliche Väter waren beide für diese Mädchen nie gewesen. Als Schwester von Caroles verstorbener Mutter konnte sie sich dieses Urteil erlauben. Beide waren beruflich so sehr eingespannt, dass sie wenig Zeit hatten für ihre Töchter.

Sie stand ihrem ehemaligen Schwager sehr skeptisch gegenüber. Das wusste der auch und ging ihr so gut es ging aus dem Weg. Er hatte sie zwar zu Beginn des Gottesdienstes begrüßt. Aber das war eher ein förmlicher

Akt gewesen, bei dem nicht mal seine zweite Ehefrau anwesend war.

Martha hatte ihn noch nie gemocht. Als ihre Schwester noch lebte, hatte sie schon Auseinandersetzungen mit ihm. Sie hatte ihn „Bollermann" getauft und konnte es ihm bis heute nicht verzeihen, dass er den Tod der geliebten Schwester nicht verhindert hatte. Gewiss, sie hatte unter Depressionen gelitten, aber was war geschehen, bevor sie sich im dunklen Keller erhängen musste?! Wir wissen es nicht.

Fakt ist, dass Marthas Schwager vom Kindergarten mittags angerufen wurde, weil die dreijährige Tochter nicht abgeholt wurde. Ihre Schwester Carole war erst sieben Jahre alt gewesen und damals in der 1. Schulklasse. Sie saß vor der Haustür, als er kam.

An diesem Morgen sollte die Mama zum Arzt gehen, um wieder eine Arbeit aufnehmen zu können. Beide Töchter waren aus dem Gröbsten heraus. Warum hatte er die Oma angerufen? Die setzte sich sofort in ihr Auto und fuhr hin. Doch er traf früher ein und fand die Erhängte im Keller. Wenn das keine Strafe war!!! Bezeichnend ist auch, dass er dann den Kontakt zur Familie mütterlicherseits vermied.

Die beiden Kinder bekamen im nächsten Jahr eine Stiefmutter vorgesetzt, die sich Mühe gab, sie ordentlich aufzuziehen. Besonders liebevoll war das nicht.

Als die Mädchen erwachsen waren, traf der Vater eine Schulfreundin wieder und trennte sich.

Vor vier Jahren kamen die beiden Schwestern von sich aus auf Martha zu. Schnell fühlten sie sich zueinander hingezogen. Martha erkannte in ihnen Teile ihrer Schwester wieder. Die Ähnlichkeit war frappierend. Carole war genauso groß wie sie. Sie wollten mehr über ihre Mutter erfahren. Und Martha konnte ihrer Nichte einiges über deren Mutter erzählen, denn sie hatte mitgeholfen, sie aufzuziehen. Schließlich war sie schon zehn Jahre alt gewesen, als die Schwester geboren worden war. Sie wusste, wie empfindlich sie war, und konnte aus ihrer Kindheit erzählen. Konnte auch erklären, dass der Vater keinen Kontakt der kleinen Mädchen zur Familie der Mutter wünschte.

Jetzt waren sie erwachsen und suchten ihn selbst.

Im nächsten Jahr heiratete die jüngere Tochter und lud auch Martha zur Hochzeit ein. Sie musste die lange Rede des Brautvaters mit anhören. Er musste unbedingt kundtun, wie schwierig die Erziehung für ihn gewesen ist. Martha ertrug sein Getue nicht und verließ die Feier vorzeitig.

Ein Jahr später wurde ein kleiner Sohn geboren und ein neues Familienglück begann.

Carole, die Pastorin werden wollte, ging nach New York zu einem Praktikum. Martha besuchte sie dort und erfuhr von der neuen Liebe zu Caro. Beide gingen mit ihr essen. Sie verstand sofort die Anziehung. Caro war eine warme, liebevolle Frau, die sie sehr an ihre verstorbene Schwester erinnerte.

Das Vikariat beging Carole in der Nähe von Hamburg. Beide nahmen sich dort eine Wohnung und lebten zusammen. Auch die Pastorenstelle würde bei Hamburg sein. Doch kirchlich heiraten war nur in New York gestattet. So kam es zu dem Fest.

Interessant war diese Beziehung auch wegen der sehr unterschiedlichen beruflichen Ausrichtung der Eheleute. Caro arbeitete naturwissenschaftlich und Carole seelsorgerisch. So trafen sich auch sehr unterschiedliche Menschen bei diesem Fest und wurden durch die Verteilung von Tischkarten bunt zusammengewürfelt.

Martha saß an einem Tisch mit dem Namen „unforgetable" und lernte völlig unterschiedliche Leute kennen. Sie sprach sehr lange mit einem jungen Mann aus Lübeck, der zu Caros Verwandtschaft gehörte, und war überrascht, wie anregend das Gespräch war. Er war noch Schüler und hoch musikalisch, konnte dem Klavier einen hervorragenden Blues entlocken. Am späten Abend wurde er zum DJ im Partykeller.

Nach dem Abendessen wurde ein Obstler ausgeschenkt, den Carols Vater zum Besten gab. Großspurig schenkte er selbst ein und erklärte das Schnapstrinken zur deutschen Sitte.

In der Umbauphase zum Abendessen gab es einen Ortswechsel in die Bibliothek der Kirchengemeinde. Dort traf Martha ein besonders angenehmes Paar aus Baltimore. Er war der ehemalige Arbeitskollege von Caro und sie kam ursprünglich aus Ostfriesland. Sie hatten relativ spät geheiratet und waren beide naturwissenschaftlich tätig. Sie hatte fast ein Jahr pausiert wegen einer Krebserkrankung. Beide waren froh, wieder auf eine Feier gehen zu können. Sie begleiteten sie später auch bis zur U-Bahn, damit sie den Weg zurück nicht verpasste. Das war so gegen 3.00 Uhr. Viele Menschen fuhren in der Neujahrsnacht per U-Bahn nach Hause. Martha hatte durchgehalten und war jetzt rechtschaffen müde. Sie hatte sogar noch ins neue Jahr getanzt und von Caros drogenabhängigem Bruder einen Joint angeboten bekommen. Der konnte ja nicht wissen, dass er damit bei ihr ganz und gar nicht landen konnte. Hatte der eigene Sohn sie vor vielen Jahren damit schon zur Verzweiflung gebracht.

Nur hier, in dieser amerikanischen Familie, sah das Drama noch vertrackter aus. Die Eltern waren nicht in der Lage, den erwachsenen Sohn vor die Tür zu setzen. Er durfte im Tiefparterre wohnen und wurde von ihnen finanziell durchgezogen. Ein großer, kräftiger Bursche, der keiner Arbeit nachging und wie ein Riesenbaby an Mamas Rockzipfel hing. Sie taten sich und ihm nichts Gutes mit dieser Unterstützung. Aber wahrscheinlich war er Symptomträger, damit die Familie nicht auseinanderfiel. Martha meinte das Leid der Mutter förmlich zu spüren. Als „gute Mutter" konnte sie nicht loslassen, war nicht in der Lage, sich Hilfe zu holen und den Sohn für sich selbst verantwortlich werden zu lassen. Stattdessen wurde sie co-abhängig und fand auch in dem Vater keine Unterstützung. Caro und Carole sahen das Dilemma und spürten auch hier das männliche Versagen.

Am Neujahrstag herrschte blauer Himmel und Sonnenschein in der Stadt.

Martha unternahm einen Spaziergang im Central Park. Sie sonnte sich auf einer Bank und schlief kurze Zeit ein. Hochzeit und Silvester waren doch ziemlich anstrengend gewesen. Ein Vorteil war, dass es keine Knallerei gab in New York. Mit einem „Happy New Year" prostete man sich zu und tanzte ins neue Jahr.

Nach dem Besuch im Central Park schlenderte sie die 5th Avenue entlang und folgte den vielen Menschen vor ihr. Plötzlich fielen ihr viele junge Männer auf, die mit glänzenden Augen auf die andere Straßenseite blickten. Sie starrten begeistert auf ein Hochhaus. Sie traute ihren Augen nicht und sah den Trumptower gegenüber. Geld und Macht sind eben für viele Männer immer noch das Größte und überaus erstrebenswert. Es muss etwas mit Potenz zu tun haben, das sie als Frau nicht nachvollziehen konnte.

Umso mehr beeindruckten sie Caro und Carole, denen Liebe wichtiger war, die ihre Beziehung legalisierten und öffentlich machten. Gegen alle Vorbehalte und Vorurteile standen sie zueinander und planten eine Familie. Ob ihnen das gelingen wird, soll die Zukunft zeigen.

Carol trat nach der Hochzeit ihre erste Pastorenstelle an. Ein Umzug stand bevor. Sie mussten sich neu einrichten und an einem anderen Ort Fuß fassen.

Die Gemeindearbeit war nur ein Teil ihrer Aufgaben. Hinzu kam die Seelsorge in einer psychiatrischen Einrichtung. Caro arbeitet weiterhin als Naturwissenschaftlerin in Hamburg. Beide waren also voll berufstätig und damit mehr als genug ausgelastet. Und die biologische Uhr tickte. Caro wurde 40.

Martha war froh, diese Zeit hinter sich zu haben, und genoss ihren Ruhestand. Mit dem Rückflug ging diesmal alles glatt. Sie kam problemlos zu Hause an und machte sich im Internet auf die Suche nach einer Unterstützung wegen der Unkosten beim Hinflug. Sie wurde bei einer internationalen Rechtsberatung namens AirHelp fündig. Sollten sie Erfolg bei der gerichtlichen Verhandlung haben, würden sie 25 % als Vergütung verlangen. Sonst entstanden keine Kosten. Martha musste allerdings mit einer Bearbeitungszeit von mindestens drei Monaten rechnen.

Wanzen aus Amsterdam

Was macht die alleinstehende Rentnerin, hier Martha, wenn der Zusatzjob ihr unerwartet drei freie Tage gewährt?

Am Wochenende hatte sie schon viel Zeit und jetzt zusätzlich von Montag bis einschließlich Mittwoch keine Verpflichtungen!!!

Das Wetter ist sommerlich warm und lädt zu einem Städtetrip ein.

Sie möchte es ein wenig exklusiver und wählt Amsterdam. Mit dem ICE sind es nur vier Stunden. Weil es tagsüber fast 30 Grad hat, entschließt sie sich zur Abfahrt in den Abendstunden und hofft, dass es in Amsterdam bei ihrer Ankunft um 23.00 Uhr kühler ist.

Martha möchte etwas erleben. Etwas Besonderes sehen und hören, über den Tellerrand hinausblicken.

Es ist September und soll die nächsten Tage schön bleiben. Mit kleinem Gepäck zieht sie los. Eine Unterkunft wird sie noch finden. Unter der Woche dürfte das leichter sein als am Wochenende.

Natürlich hätte sie wie jeden Montagabend mit Gustavo Tango tanzen können, aber auch das war ihr diesmal zu eintönig. Sie rief ihn an und sagte ab.

Martha wollte raus aus den Gewohnheiten. Einfach ausbrechen! Sie sehnte sich nach einem Abenteuer.

Im Zug fühlte sie sich schon freier und war froh, diesen Schritt gewagt zu haben.

Sie hatte gezögert, die Abfahrt hinausgeschoben. Schon am Sonntag hat es sie gejuckt, aber sie war nicht mehr so spontan wie früher. Sie ließ sich Zeit. Doch was hatte sie zu verlieren? Sie war unabhängig, konnte tun und lassen, was sie wollte. Keiner würde sie hindern, einfach aufzubrechen.

Vom Zugfenster aus sah sie den zunehmenden Mond leuchten und genoss den Blick in die Dämmerung. Die weiten Wiesen flogen an ihr vorbei. Zu Hause fühlte sie sich oft beengt und eingeschlossen.

Es ging über die Grenze in die Niederlande.

Amsterdam war ihr nicht fremd, aber sie war Jahrzehnte nicht mehr dort gewesen. Es war das erste Mal, dass sie ohne Begleitung dorthin unterwegs war. Auf eigenen Füßen stehen war immer wieder was Besonderes.

Martha beschenkte sich sozusagen selbst und war noch nicht wirklich geübt darin. Früher hatte sie viel funktionieren müssen. Sie war es von Kindheit an gewohnt, für andere zu sorgen. Jetzt war etwas Neues angesagt. Sie befand sich immer noch auf ungewohntem Terrain und spürte die Aufregung.

Bewusst hatte sie den Zug und nicht das Auto für die Reise gewählt. „So wenig Stress wie möglich" war die Devise.

Sie liebte es, ihre Gedanken zu Papier zu bringen. Die neuen Eindrücke schriftlich festzuhalten, war so gut wie sich mit jemandem zu unterhalten. Schreibend war sie nicht allein. Sie korrespondierte mit sich, hatte etwas mitzuteilen, zu reflektieren und geordnet niederzuschreiben. Es floss ihr nur so aus der Feder. Zu Hause fiel es ihr oft schwer, sich an den Schreibtisch zu setzen und die Gedanken aufzuschreiben. Unterwegs war das kein Problem. Der Schreibblock war ihr ständiger Begleiter. Ihm konnte sie sich problemlos anvertrauen. Egal wo, auch im Restaurant, war er an ihrer Seite.

Die Erlebnisse handschriftlich festzuhalten, war ihr ein Bedürfnis, das sich immer deutlicher zeigte und zu einer großen inneren Befriedigung beitrug. Auf Reisen besonders. Ein Grund, so oft wie möglich unterwegs zu sein. Sie würde noch sehr viel reisen müssen, um diesen Drang zu stillen. Eine neue Erkenntnis, der sie auf dem Weg nach Amsterdam begegnete und die sie mit Freude erfüllte. Sie hatte einen neuen Sinn, eine neue Aufgabe gefunden.

Martha dachte an „Theodor Fontane", dem sie erst kürzlich in der Sommeruni nähergekommen war. Ihr Vorreiter!!! Auch er hatte viel auf seinen Reisen geschrieben und dabei festgestellt, wie ihm in der Ferne das Zuhause immer angenehmer wurde.

Die Gegensätze sind es, die uns bereichern und voranbringen. Sie halten uns in der Balance und die ist notwendig für ein erfülltes, kreatives Leben.

Ab Hengelo hörte Martha eine sympathische niederländische Durchsage vom Zugpersonal und bemerkte dadurch, dass sie schon die Grenze passiert hatten. Es war inzwischen dunkel draußen und endlich kühler geworden. Es kam ihr vor, als wenn sie schon weit gereist wäre. Ihre Gedanken drehten sich weiter um das Schreiben. Ihr fiel auf, dass mit dem Stift zu schreiben und dabei zu reisen, völlig aus der Mode gekommen zu sein scheint. Wenn sie sich in der Bahn umschaute, sah sie nur Leute, die tippten, ob auf Smartphones oder in den Laptop. Ist sie denn ein Überbleibsel aus vergangenen Zeiten, das es noch immer toll findet, die Schreibschrift zu benutzen und schwungvoll etwas zu Papier zu bringen? Oder kommt hier die Grundschullehrerin durch, die den Kindern das Schreiben beigebracht hat? Es war schön, die Kleinen bei diesen Bemühungen zu begleiten, zu sehen, wie sie ruhiger wurden und mehr bei sich waren.

Die heutige „Hackerei" gefällt ihr dagegen weniger. Außerdem ist der Aufwand mit den elektronischen Geräten lästig. So ein Schreibblock gefällt ihr besser. Er ist leichter und irgendwie handlicher. Obwohl sie mit zehn Fingern blind tippen kann, wird sie immer den Schreibblock vorziehen.

Auch das Telefonieren im Zug musste sie nicht haben. Mit Befremden hörte sie andere völlig hemmungslos, den ganzen Wagon unterhaltend, mit ihren Angehörigen oder Freunden schwätzen. Eine weitverbreitete Angewohnheit, die sie ziemlich rücksichtslos und indiskret fand. Sie staunte über diese neue Abhängigkeit dem Handy gegenüber und fragt sich manchmal, ob es auch ohne noch ginge. Briefe werden privat so gut wie keine mehr geschrieben. Viele Kinder lesen kaum noch Bücher. Aber publiziert werden immer mehr. Der technische Fortschritt wird ihrer Meinung nach stark übertrieben. Sie wird ein gebundenes Buch einem E-Book immer vorziehen. Da war sie sich sicher.

Nicht weit von der „Centraal Station", dem Hauptbahnhof, fand sie ein Hotel zum Übernachten. Es war kurz vor Mitternacht. Das Zimmer lag im 3. Stock und war sehr stickig. Sie öffnete die Fenster und hörte unten die alte

Straßenbahn rappeln, den vorbeiziehenden Straßenlärm und Möwengeschrei. Es störte sie nicht. Der Trubel war ihr recht. Sie konnte trotzdem schlafen.

Am nächsten Morgen erwachte Martha nach einem klärenden Traum, in dem es um eine problematische Paarbeziehung ging. Sie war mit sich im Einklang, froh ohne Partner unterwegs zu sein, duschte ausgiebig und suchte sich anschließend ein Lokal zum Frühstücken. Sie lief eine kleine Gracht entlang und musste einigen Fahrrädern ausweichen. Die Straßen wurden gereinigt. Es war noch wenig los. Am Neumarkt fand sie ein Straßenlokal und konnte draußen im Schatten etwas zu sich nehmen. Langsam tauchten noch andere Touristen auf. Der Tag versprach wieder sonnig und warm zu werden.

Sie wollte ihn genießen und sich ein anderes Hotel suchen. Sie fragte die nette Bedienung danach und bekam das Hotel X genannt. Es lag ganz in der Nähe und machte einen guten Eindruck.

Martha nutzte die Mittagshitze für ein kleines Schläfchen, genoss den Komfort und unternahm anschließend eine Rundfahrt mit einem „Open Boat" durch die Grachten. Zwölf Leute waren an Bord, aus Venezuela, England und New York. Sie war die einzige Deutsche.

Der Kapitän verstand es, die Leute miteinander bekannt zu machen. Es herrschte im Nu eine entspannte Atmosphäre. Für 19,50 € wurde sie 75 Minuten durch Amsterdam geschippert. Vorbei an den schönen alten Gebäuden, verschiedenen Badestellen und unter den Brücken hindurch. Das Wasser war erstaunlich sauber und als Frischwasser zum Baden geeignet.

Den Kapitän sah sie kurze Zeit später erneut vorüberziehen, als sie an einer Gracht saß, um ein Bier zu trinken. Sie winkte ihm zu, er grüßte zurück.

Ein älteres Paar aus Kalifornien setzte sich zu ihr und erzählte, wie langweilig es in ihrem Heimatort sei. Auch Paare brauchen Abwechslung und finden es aufregend, in Amsterdam zu sein.

Plötzlich traten sechs Akrobaten und Sänger auf der Straße vor ihnen auf und begeisterten mit Saltos und anderen Überschlägen. Auch am Abend war es in der Stadt noch turbulent und warm. Sie konnte lange draußen sitzen und dem bunten Treiben zusehen. Sie ließ den Tag bei einem Getränk im Hotel ausklingen und ging dann schlafen.

Am nächsten Morgen erwachte Martha jedoch mit einem Schrecken. Ihr Nacken und der rechte Oberarm, auf dem sie geschlafen hat, waren mit dicken, roten Blasen überdeckt. Es juckte nicht, sah aber scheußlich aus. Sie vermutete Ungeziefer in der Bettwäsche und informierte die Rezeption. Es war früh am Morgen, das Management noch nicht zu erreichen. Dafür durfte sie erst einmal kostenlos frühstücken. Die Servicekraft machte ein Foto von ihrem Arm. Sie hatte 150 € für das Zimmer bezahlt und war gespannt, wie sich die Geschäftsleitung nun verhalten würde. Die junge Dame an der Rezeption zeigte sich verständnisvoll und umgänglich. Leider macht das Handy bei der Übermittlung des Fotos nicht mit. Gerade jetzt, wo die Technik von Nutzen wäre, funktionierte sie nicht.

„Wer eine Reise tut, der kann was erleben." Ein Zitat ihrer Mutter, das ihr dazu einfiel. Sie versuchte, das

Handy neu zu laden, und fragte nach einer Steckdose. Die freundliche Dame an der Rezeption ließ sie Platz nehmen und bot ihr ein Getränk an. Doch sie hatte gerade ein üppiges Frühstück mit Kaffee und Wasser. Daher lehnte sie ab und übte sich in Geduld. Vielleicht würde die Managerin ja doch noch auftauchen. Sie wartete. Irgendwann hatte sie genug davon und fragte direkt nach der Geschäftsleitung. Und siehe da, plötzlich stand sie neben ihr und entschuldigte sich vielmals. Martha konnte ihr jetzt die Schwellungen persönlich dokumentieren. Sie zeigte sich betroffen und wollte alles in ihrer Macht Stehende tun, um eine Klärung zu finden. Martha blieb gelassen und wollte fürs Erste den nächsten Zug nach Hause nehmen. Sie hatte genug erlebt und schaffte es um 12.00 Uhr Amsterdam mit dem ICE nach Berlin zu verlassen.

Unterwegs erreichte sie eine Mail der Managerin mit der Zusage, die Hotelgebühr zu erstatten.

Die Ablehnung

Du kannst deine Schokolade wegschmeißen; hier bin ich der, den du küssen und um den Finger wickeln kannst. Ich reiche dir die Hand auf dem nicht einfachen Weg zu Wolke 7.

Bin 60 Jahre alt, 189 cm groß, attraktiv und immer noch sportlich aktiv.

Wie, du glaubst mir nicht? Dann musst du weiter Schokolade essen, oder jetzt anrufen, um zu hören, ob du mich sehen möchtest.

„Risiken und Nebenwirkungen unter Tel ... Peter."

So stand's in der Wochenendzeitung unter „Bekanntschaften und Kontakte".

Martha war überrascht. So eine nette Anzeige hatte sie noch nie gelesen. Da musste sie anrufen. Und siehe da, auch die Stimme war sympathisch.

Doch der Mann war gerade beim Fensterputzen und wollte später zurückrufen.

Zweimal sprach er auf die Mailbox. Sie verpassten sich. Erst am nächsten Tag erreichte sie ihn. Er hatte sich schon mit einer anderen Frau getroffen, aber das war nichts. Seine Stimme erschien ihr resigniert.

Trotzdem war er zu einem Treffen bereit. „In einer halben Stunde im Safran." Das lag auf der Mitte zwischen seiner und ihrer Behausung, ca. 5 Minuten mit dem Rad.

Als Martha ankam, saß er schon vor der Tür. Sie erkannten sich, ohne sich vorher gesehen zu haben und ohne Erkennungszeichen. Es war ganz einfach, durch intensiven Blickkontakt. Und er hatte nicht gelogen: war schlank, groß, attraktiv. Vielleicht nicht 60, sondern 65.

Martha hatte sich jünger gemacht und von 61 Jahren gesprochen. Sie wusste, dass sie jünger aussah.

Er ging ihr voraus in die Kneipe. Spontan fragte sie ihn, ob er Tango tanzen könne. „Leider nicht, aber ich würde es gerne lernen", war seine Antwort.

Es ging alles ganz schnell. Es war Sonntagnachmittag. Gleich würde im „Milieu" ein Schnupperkurs im argentinischen Tango beginnen, das wusste sie. Peter war bereit, es dort zu versuchen. Martha freute sich, dass er so schnell und spontan mitkam. Sie radelten hin. 10-Minuten-Weg.

Fred, der Hausherr und eleganteste Tangolehrer der Stadt, 195 cm groß, leitete die Stunde. Es waren nur vier Teilnehmerinnen.

Doch plötzlich wendete sich das Blatt. Peter bekam Probleme mit der Schrittfolge. Seine Füße wollten nicht wie er. Er kam durcheinander und wurde zusehends unwilliger. Das hatte er nicht erwartet. Der strahlende Held wurde „klein mit Hut"; er wollte nur noch weg und ließ sie einfach sitzen. Wie ein kleiner Junge, dem es nicht gleich gelang, erfolgreich zu sein.

Martha war enttäuscht. „Männer!" Sie wollten immer überlegen sein. Eigentlich wusste sie es. Schließlich war sie von Kindesbeinen daran gewöhnt. Denn sie war mit einem Bruder aufgewachsen, der auch so tickte. D. h. ausflippte, wenn er beim Spiel verlor. War das männlich? Wollte sie tatsächlich so einen Mann??? Immer wieder lief es auf diese Schwäche hinaus. Wie war es überhaupt möglich, langfristig mit einem Mann zu leben? Das geht doch nur, wenn Frau seine Schwächen akzeptiert. Ihn nicht auf den Sockel stellt, sondern ihren eigenen Fähigkeiten traut und sich nicht einschüchtern lässt. Und auch immer wieder bereit ist, auf den Mann zuzugehen, was natürlich nicht immer leicht ist.

Martha schrieb ihm eine SMS: „Hi Peter, schade, dass es nicht gefunkt hat. Wird im Alter immer schwieriger. Würde dich trotzdem näher kennenlernen. Ruf doch nochmal an. LG Martha"

Am Abend rief er an, was sie sich gewünscht, aber nicht erwartet hatte. Er sprach von einer Frau, die er getroffen hatte und mit der er es wagen wollte. Leider wäre Martha ja nicht an einer sexuellen Beziehung interessiert. Sie fühlte sich falsch eingeschätzt, war enttäuscht und wünschte ihm viel Glück. Aber er ließ sie gedanklich nicht los. Am Morgen schrieb sie ihm eine weitere SMS: „Den möchte ich dir noch mitgeben: Bist kein Held, nur ein Mann, der gefällt ..."

Peter schrieb zurück: „Schade, dass du keinen Geliebten suchst. Das hätte dir gefallen. *Smiley*."

Martha antwortete: „Ich will alles, nur kein Großmaul."

„Bin ich deiner Meinung", kam zurück. Und 20 Minuten später: „Um zu testen, ob ich ein Großmaul bin, solltest du dich von mir massieren lassen. Dann weißt du's. *Smiley*."

Antwort: „Tolles Angebot! Geht aber nur, wenn ich mich in dich verliebe ..."

P.: Also, wann soll ich zu dir kommen?
M.: Jetzt bist du dran mit 'ner Einladung zu dir. *Smiley*.
    Ich will mich doch verlieben.
P.: Da musst du noch etwas warten, kann zurzeit nur Hausbesuche anbieten. Für meine Wohnung brauche ich noch etwas Zeit.

M.: Wieso, die Fenster sind doch schon geputzt ...? Ich kann warten.
P.: Falsch. Der Schuster hat immer die schlechtesten Schuhe. Manchmal ist zu langes Warten kontraproduktiv.
M.: Typisch Mann.
P.: ?. Ich hatte einfach lange keinen Besuch mehr.
M.: Und ich bin eigentlich schüchtern.
P.: Ach. *Smiley*. Also nicht verwöhnen lassen?
M.: Der Mensch lebt nicht vom Brot (Körper) allein.
P.: Amen.

Am nächsten Tag, 13.45 Uhr
M.: Sitze bei Massimo (Eiscafé) in der Sonne und denke an dich. Willst du mir nicht Gesellschaft leisten?
P.: Muss arbeiten. Wie gesagt, heute Abend kann ich zu dir kommen.
M.: Wann?
P.: 20.00 Uhr
M.: Vergiss den Sekt nicht!
P.: Wenn du mir sagst, wo du wohnst ...
M.: Na gut. Die Sonne macht mich gefügig. Am Holzmarkt 63
P.: Schön, bis heute Abend. *Smiley*.
M.: Bis dann.

20.13 Uhr
Er kam mit einer Flasche Freixenet und steuerte zielgerichtet aufs Bett zu. Sie aber wollte reden, was ihm gar nicht gefiel. Keine 15 Minuten später zog er wieder von dannen. Da saß sie nun, wieder allein. Nicht ganz, mit einer Flasche Sekt!
Sie begann immer mehr davon zu trinken. Langsam wurde sie lockerer und schrieb: „Danke für den Sekt.

Jetzt bin ich breit genug, um mich dir hinzugeben. Warum konntest du nicht warten? Sorry, so läuft nichts."

P.: Danke.
M.: Für was?
P.: Für deine Geduld.
M.: Ach, habe ich nicht. Männer und Frauen sind eben sehr unterschiedlich. Und trotzdem mag ich dich.
P.: Also, ich muss morgen erst um 15.00 Uhr arbeiten ... Zu dir brauche ich 15 Minuten. Wenn du dann immer noch bereit bist ...
M.: Du bist attraktiv. Hi, hi, habe die Haare auf deiner Brust gesehen und die ganze Pulle geleert ...
P.: Heißt, dass ich mich auf den Weg machen soll?
M.: Ja, Schatzi.
P.: Gut, bis gleich. *Smiley.*

Sie landeten gleich im Bett.

Martha war lustvoll und aktiv. Die angekündigte Massage war überflüssig. Sie lag oben. Seine Berührung ihrer Brüste stimulierte sie. Nur reden durfte sie nicht. Er wollte fühlen.

Doch nur Porno brachte nicht den Höhepunkt. Er hatte zwar eine Erektion, wollte sie aber auch von hinten. Martha lehnte ab, mit der Begründung, danach auf Windeln angewiesen zu sein.

Und wieder machte er die Biege. Zog sich an und verschwand. Sie wusste, was gut für sie war und ließ ihn ziehen.

Am späten Abend kam seine SMS: „Das wars. Aus dem vorbeiziehenden Gewitter hat sich ein Blitz aufgemacht, um genau einmal einzuschlagen und dann nie wieder. Schön war's. Ich kann dich noch riechen. Schlaf schön. Ein wundervolles Leben noch. Auch ohne mich."

Sie las es um 3.40 Uhr, auf dem Weg zur Toilette. "Gerne!!!" war die Antwort. "Reicht für ne Kurzgeschichte."

Doch eine Woche später

P.: Na, mein Engel! Schon die Promillegrenze erreicht? Oder muss ich noch warten? Ach, Scheiße: Bei Kurzgeschichten gibt es ja keine Fortsetzung ... setzen Sex, äh sechs. *Smiley.*

Er wusste inzwischen, dass sie Lehrerin war.

M.: Ja, Schatzi, so kanns rüberkommen. Ist aber nicht. Du hast es mit mir, einer älteren Frau zu tun, die weiß, wo's langgeht. Ich mag dich, hab aber keine Lust auf dein Ego.

P.: Nachvollziehbar. Schatzi, der Anflug von Geilheit ist auch gerade wieder wech ... Im Alter ist das immer so ne Sache. Schönen Abend noch. *Smiley.*

M.: Dir auch. Morgen ist mein Geburtstag. Schade, dass ich ihn allein feiern muss.

P.: Wo du doch so gerne Sekt trinkst. Sag Bescheid, wenn keiner kommt zum Anstoßen.

M.: Danke! Bin leider zu stur für Kompromisse.

P.: Schaunwama.

M.: Du hast gar nicht gefragt, wie alt ich werde.

P.: 72. *Smiley.*

M.: Bist nah dran. Was willst du mit ner Oma?

P.: Für mich spielt das Alter keine Rolle, wenns Spaß macht. Was wolltest du denn von mir? Ich habe klare Signale gesetzt. Apropos, ich schulde dir noch eine Massage ...

M.: Leider fühle ich mich als Frau von dir zu sehr auf des Eine reduziert. Jedenfalls habe ich deine Signale so verstanden. Die Massage war klar auch so gemeint.

P.: Und das tut weh: kein Kino, W.-Busch-Museum und NDR-Tatortreiniger.

M.: Und leider auch kein Tango! Bonne nuit, mon coeur.

Am nächsten Tag gegen 10.30 Uhr kam sein Anruf mit einem Geburtstagsständchen, mit beeindruckender Bassstimme. Martha freute sich und empfahl, im Chor zu singen. Dann fragte sie noch nach seinem Geburtstag.

P.: 17.03.62 Warum?
M.: Weil ich dir dann auch ein Liedchen singe.
P.: Ach so!
M.: Was dachtest du denn?
P.: Weiß nicht.
M.: In welcher Kneipe stoßen wir heute an?
P.: Am Holzmarkt 63
M.: Nee.
P.: *Smiley mit traurigem Gesicht.*
M.: Vielleicht morgen? Hab keine Lust aufzuräumen und muss morgen früh arbeiten.

Martha konnte am Abend nicht einschlafen. Diese knappe Antwort ging ihr nicht aus dem Sinn. Um 00.06 Uhr schrieb sie ihm: „Vergiss es! Brauche keinen Macho."

Die Antwort kam um 9.45 Uhr: „Falsch verstanden. Freitags treffe ich mich immer mit meinem Sohn. Daher weiß ich noch nicht, wie lange es dauert. Peter"

Sie las es nach der Arbeit und schrieb: „Dann an einem anderen Tag. Sohn ist wichtig."

P.: Da bin ich deiner Meinung. Schön, dass du Verständnis hast. *Smiley mit Herz.*
M.: Nicht immer! Bin froh, dass sich dein Machotum in Grenzen hält.

Am nächsten Tag
„Guten Morgen, Peter!" Was macht die Vaterliebe? Hattest du einen schönen Abend?
Keine Reaktion.

M.: Was treibst du? Bin gerade auf einer Radtour und genieße den Herbst. Fahre am Kanal entlang, Richtung Wunstorf.

Frage am Abend: „Mach ich dich sprachlos?"
Peter meldet sich nicht.

Am Sonntagabend
„Heute wieder Tango ... Ich bin da und warte auf die Tänzer. Kommst du auch?"
P.: Nö.
M.: Och! Is ganz nett, sogar beim Zuschauen. Viele schöne Frauen. Geht noch bis 22.00 Uhr.
P.: Nahein!

Martha kurz danach: „Bin wieder daheim. Morgen noch einmal VHS und dann Urlaub. Will nach Paris. Kommst du mit?"
Wieder meldet sich Peter nicht.

„Bevor ich fahre, würde ich dir gern die Kurzgeschichte vorlesen. Wann hast du Zeit?"

P.: Persönlich oder am Telefon?
M.: Was ist dir lieber?
P.: Persönlich. Dann können wir anschließend noch Analverkehr machen. *Zunge.*
M.: Mein Dildo freut sich schon!
P.: Nee, nee. Ich will ihn bei dir einführen, meinen Prinzen. Bei deinem geilen, prallen Arsch wäre es mir eine große Freude. Es wird dir gefallen. Gleitcreme ist doch noch vorhanden, oder?
M.: Wer hat dir eigentlich sooo weh getan?
P.: Keine. Sie haben es alle genossen. Aber lass gut sein. Da kommt dann doch die Oma durch. Schönen Urlaub. Wer nicht will, die hat schon.
M.: Bin sehr froh, 50 Jahre da drumherum gekommen zu sein.
P.: Du weißt gar nicht, was du verpasst hast.
M.: Igitt! Meine Orgasmen waren immer echt.
P.: Wie gesagt, du hast keine Ahnung.
M.: Bla,bla, was weißt du schon? Schokolade ist mir tausend Mal lieber. Aber gut, dass wir drüber gesprochen haben. Du hast mein Leben bereichert.
P.: Es hätte mir vollkommen gereicht, wenn du dich einfach von hinten hättest nehmen lassen, ohne anal. Hab halt keinen Bock auf dauernd Missionarsstellung. Es gibt so viele schöne Stellungen. Na ja.
M.: Vergiss es ...
P.: Sehr gerne.
M.: Fixierter Hornochse!
P.: Blöde Kuh! *Smiley.*

M.: Lieber blöd als dreckig.

P.: Mit Deutschlehrerinnen kam ich noch nie klar. Ganz besonders mit Übergewichtigen, spießigen und verklemmten. Lass uns aufhören sonst wird aus bereichert beleidigt.

M.: Es ist viel schlimmer, als du denkst: Ich bin in erster Linie Kunstlehrerin etc. und zwar über den 2. Bildungsweg. Vergangenheitsbewältigung kann nicht schaden. Was stimmt, ist das Übergewicht.

P.: Ja, da hast du Recht. Ist halt nicht jeder von seinem Vater missbraucht worden. *Trauriger Smiley.*

M.: Die ganze Elterngeneration ist missbraucht. Und wir können Therapie machen.

P.: Was es nicht entschuldbar macht.

M.: Aber reparabel. Wenn du willst.

P.: Hab schon diverse Therapien hinter mir. Sex ist die beste Therapie.

M.: Wenn es beide befriedigt, ja.

P.: So weit ist es ja nicht gekommen ...

M.: Ja, leider ...

P.: Na ja, dann kannst du mir die Geschichte heute Abend vorlesen.

M.: Du raffinierter Schurke!

P.: *Gr. Smiley.* Hast du den Sekt schon im Kühler?

M.: Ich trinke ihn schon.

P.: Hört, hört ... muss noch bis 19.00 Uhr arbeiten ...

M.: Na ja, es geht eben ganz schön ans Eingemachte.

P.: Die Geschichte?

M.: Nein, dein und mein Leben.

P.: Unter jedem Dach ein ach!

M.: Weiß gerade nicht, ob du mich überforderst ...

P.: Melde dich einfach, wenn du es weißt.

M.: Hab mich von Anfang an überfordert gefühlt. Will nicht gleich wieder im Bett landen. Lass uns zusammen essen gehen und den Sex vergessen. Der läuft nicht weg. Ich steh auf dich als Mensch und als Mann und will nicht benutzt werden.

P.: Da gehören immer zwei dazu. Du kannst mich genießen. Ausnutzen ist nicht in meinem Sinne.

M.: In meinem auch nicht.

P.: Heißt?

M.: Ich lade dich ein.

P.: Wozu?

M.: Zum Griechen.

P.: Passe. Esse ab 17.00 Uhr nichts mehr. Aber danke.

M.: Da kann ich von dir lernen. Will eh abnehmen. Dann bleibt nur der Alk.

P.: Wenn du magst.

M.: Also gut, bringen wir es hinter uns. Was muss, das muss.

P.: Was hinter uns bringen?

M.: Aufeinander zugehen. Ohne Zwang.

P.: Dann mach doch erstmal Urlaub in Paris.

M.: Nö, eins nach dem anderen.

P.: Hä?

M.: Sonst gehst du mir nicht aus der Birne. Fixiere mich leider zu schnell.

P.: Fahr in den Urlaub und lass die Vergangenheit hinter dir. Ich gehöre dazu. Noch ne schöne Zeit.

M.: O.k. Schatzi!

P.: *Smiley.*

M.: Muss aber morgen Nachmittag noch zum Zahnarzt.

P.: Besser ist das.

M.: Außerdem streiken die Franzmänner gerade. Und ich lass mir nicht von einer einzigen Wolke die Sicht auf den Himmel nehmen.

P.: Weise Worte. Lebe sie. Wolken ziehen, so wie ich, weiter, vom Winde angetrieben.

M: Im Abhauen bist du König.

P.: *Smiley mit Sternchen.*

Am nächsten Tag

M.: Hi Schätzelchen, komme gerade vom Zahnarzt und muss dich zum Abschied unbedingt noch mal knutschen. Wann? Oder verschmähst du mich jetzt?

P.: Weiß nicht. Muss nachdenken.

M.: Ich höre es knistern.

Nach fünf Stunden

P.: Hallo Martha, sicher wirst du gleich „Zeter und Mordio" schreien, aber fast eine Woche ist es her ... Ich lasse es, um mich und dich zu schützen. Geht ums Verrecken nicht. Pardon. War nur ein „one night stand". Mehr nicht. Danke. Schöne Zeit!

M.: Danke für deine Zuwendung und deine Ehrlichkeit. Das war mehr, als du denkst.

P.: Frauen und ihr Arsch: 85 % finden ihn zu dick, 10 % zu klein und 5 % haben ihn geheiratet. *Smiley.*

M.: Soll ich jetzt darüber lachen?

P.: Natürlich!

M.: Warum willst du eigentlich meinen Dildo nicht? Weißt du eigentlich, dass beim Analverkehr Risse entstehen können, die u. a. Aids begünstigen? Schwule und willige Frauen sind betroffen. So viel zu Arschlöchern!

P.: Im Normalfall schon. Doch zurzeit habe ich eine schmerzhafte Entzündung am After. Da reicht es schon, wenn was rauskommt.

Nach zwei Stunden
P.: Hab ich es tatsächlich geschafft? Keine Antwort. Martha sprachlos?
M.: Geschieht dir recht! Werde nicht nach Paris fahren; Streik! Eventuell Frankfurt am Freitag zur Buchmesse.
P.: Wann?
M.: Frühmorgens hin.
P.: Gute Fahrt und eine schöne Zeit. Ach so, nur so nebenbei: Wie alt bist du? Ich habe dir auch mein Alter gesagt. *Zunge.* Oder soll ich nochmals großzügig schätzen? *Smiley.*
M.: Mach, was du willst. Ich bin raus.

Am nächsten Morgen
P.: Guten Morgen. Geht doch.
M.: Quak, quak, quak ...
P.: Läuft ein Frosch im Bademantel durch den Wald und schreit: Ich bin ein Storch, ich bin ein Storch. Sagt der Fuchs: Quatsch, du bist ein Frosch. Macht dieser seinen Bademantel auf ... Sagt der Fuchs: Mein lieber Schwan!
M.: Jedes Mal, wenn du lachst, fügst du deinem Leben ein paar Tage hinzu.
P.: Und ich lache so gerne. Dann werde ich ja 100 Jahre alt, so viel wie ich immer am Lachen bin.
M.: Wie alt ist deine Mutter geworden?
P.: 89.
M.: Also noch mind. 30 Jahre.

P.: Mindestens!

M.: Wie am besten gestalten, dass du noch lange was zu lachen hast?

P.: Hast du eine Idee?

M.: Immer! Liebevoller Umgang mit Partner/Partnerin. Tanzen, singen, reisen.

P.: *Smiley.* Lachen, anderen eine Freude machen.

M.: Was hindert dich?

P.: Peter.

M.: Es ist nie zu spät, ihn zu versöhnen.

P.: Wenn's so einfach wäre ...

M.: Ja, nur du kannst es!

Tango am See

In der Stadt kann fast jeden Abend Tango getanzt werden. Im Sommer sogar im Freien. Es finden sich immer Tanzbegeisterte, die eine „Melonga" draußen organisieren; entweder im Park oder am See. Einer bringt die Musik mit und organisiert den Ablauf.

So geschah es auch an einem schönen spätsommerlichen Abend am See.

Windlichter wurden aufgestellt, verbreiteten eine romantische Atmosphäre.

Langsam versammelten sich die Tänzer und Tänzerinnen. Viele kamen per Fahrrad zum vereinbarten Treffpunkt, Getränke wurden mitgebracht.

Petra und Martha saßen schon wartend auf einer Bank. Hinter ihnen tauchte einer der Tänzer auf. Er begrüßte sie mit Wangenkuss, war glatt rasiert und roch männlich-markant nach einem guten Rasierwasser.

Martha hatte ihn vorher noch nicht gesehen. Er forderte sie mit einem Nicken zum Tanzen auf, hatte ihre Größe und konnte sie hervorragend führen. Seine Hände waren kühl, fest und trocken. Sie war fasziniert, aufgeregt und sehr von ihm angetan. Obwohl es schon kühl wurde, kam sie ein wenig ins Schwitzen.

An diesem Abend tanzten sie noch mehrmals zusammen. Es passte! Martha war sehr angetan.

Um 22.00 Uhr war Schluss. Sie kamen ins Gespräch. Dabei fragte sie nach seinem Namen. Er hieß Jean und tanzte mit verschiedenen Partnerinnen. Seine Stimme war ruhig und dunkel.

Martha freute sich, ihn getroffen zu haben. Sie würde jetzt öfter zum Tango gehen.

Mit einem guten Gefühl fuhr sie nach Hause …

Der Mäuserich

Wie war Martha an ihn geraten? Ganz einfach: über Facebook. Sie probierte die Dating-Möglichkeit aus und schickte ihm ein Like.

Er reagierte und antwortete mit ein paar netten Zeilen.

Sehr schnell waren sie auch telefonisch im Gespräch. Miteinander reden fiel leicht. Die Stimmen fanden sich. Ein erstes Treffen wurde verabredet.

Er kam aus Dortmund und besuchte sie in Hannover. Sie zeigte ihm einige Sehenswürdigkeiten in der Stadt.
 Wie selbstverständlich hielt er ihre Hand. „Du hast ja einen Griff!", war ihre Reaktion. „Was ich habe, halte ich fest", kam zurück. Diese Antwort gefiel ihr.
 Auch sonst beeindruckte er mit einem dunklen Lederjackett, weißem T-Shirt und enger Jeanshose. Sein volles, graues Haar war flott geschnitten und gekämmt. Für 74 sah er schlank und sportlich aus.

Martha war überrascht und verguckte sich.
 Sie hatte nichts gegen seine Übernachtung einzuwenden. Sie kauften noch eine Zahnbürste und genossen es, beisammen zu sein.
 Martha freute sich, am Morgen zwei Zahnbürsten im Becher stehen zu sehen.

Als er sie jedoch danach mit „Mäuschen" titulierte, begehrte sie auf. Schließlich war sie weder klein noch niedlich. Es nutzte nichts. Er blieb vorläufig dabei.

Warum müssen einige Männer ihre Frauen kleinmachen? Wenn auch nur verbal.

Das konnte sie so nicht stehen lassen und heraus kam der „Mäuserich".

Er trug es mit Fassung. Und für Martha war das Gleichgewicht wiederhergestellt.

Der Zahn der Zeit

Die junge Liebe der beiden Alten wurde jäh unterbrochen, weil er sich einen Backenzahn ziehen lassen musste.

Ein schmerzhafter Akt, der ihm schwer zusetzte; das Gesicht anschwellen ließ und die Wange blau-gelb verfärbte.

Parallel dazu, sie waren beide 74 Jahre alt, musste auch sie zum Zahnarzt. Der Schmelz an einem Zahn war abgenutzt, aber ziehen lassen wollte sie ihn nicht. Stattdessen durfte sie ihn täglich mit einer Paste einhüllen und dadurch schützen.

Das Verständnis füreinander war riesig. Das Leiden beidseitig und wurde über die Entfernung von mehr als 200 km telefonisch und per SMS ausgetauscht. Er litt in Dortmund, sie in Hannover und sie kannten sich erst vier Wochen. Liebe im Alter hat besondere Begleiterscheinungen, ist aber genauso intensiv wie in früheren Jahren.

Interessant daran ist, wie sehr sie auf Vergänglichkeit hinweist; vom Werden und Vergehen erzählt und Leben wieder neu betrachten lässt. Im Kleinkindalter gibt es Zahnschmerzen beim Entstehen und Wachsen der Zähne, im Alter, wenn sie verloren gehen.

Frauen im Wachstum

Wie kommt es eigentlich, dass Frauen. z. B. in Deutschland, überwiegend körperlich kleiner sind als Männer?

Männer sagen oft, das ist natürlich. Wie in der Tierwelt, wo manche Weibchen zarter sind als Männchen. Die Frauen sagen selten etwas dazu und nehmen es einfach hin.

Aber, es ist nicht natürlich. Es ist gemacht. Im Patriarchat will der Mann auf die Frau herabschauen. Wenn sie zu groß geraten war, wurde sie weggesperrt und durfte sich nicht vermehren. Bei den Christen kam sie z. B. ins Kloster.

In Europa änderte sich erst nach den Weltkriegen etwas. Jetzt waren Männer froh, zu leben und schauten weniger nach der Größe.

Meine Mutter, 1927 geboren, war 1,75 cm groß, mein Vater 1,80 cm. Ich wurde 1,82 cm lang. Damit hatte mein Vater schon Probleme und beschimpfte mich als 12jährige. „Wenn du so weiterwächst, kannst du bald aus der Dachrinne saufen." Wenn das keine Angst war!

Inzwischen sieht man immer mehr große Frauen in der Welt und sie sehen sehr schön aus. Vor allem in nordischen Ländern, sind sie häufiger vertreten. Mannequins müssen mindestens 180 cm groß sein.

Dennoch geht die Veränderung nur langsam.

In meiner Schulzeit war ich immer die Größte in meinem Jahrgang. Die Lehrer siezten mich, während sie die anderen Mädchen noch duzten.

Dabei gibt es sehr viel mehr große Männer als früher. Aber, die nehmen sich immer noch kleine Frauen zum Heiraten und zur Fortpflanzung. Nur selten sieht man eine große Frau mit einem kleinen Mann.

Auf Augenhöhe wird aber immer beliebter. Besonders in Skandinavien. Da sind die Menschen eher liberal und fortschrittlich.

Inzwischen haben Frauen, zumindest in westlichen Ländern, mehr Zugang zu Bildung und guten Berufen. Sie können ihr eigenes Geld verdienen und unabhängig vom Mann leben. Sie müssen ihm auch nicht mehr ein Leben lang dienen und schaffen es, die Kinder allein großzuziehen und zu arbeiten. Er ist nicht unbedingt mehr die Nummer eins im Frauenleben und das ist bedrohlich.

In Afghanistan wird das besonders deutlich. Hier wird den Frauen verboten, zur Schule zu gehen und zu studieren. Außerdem müssen sie sich verhüllen und dürfen ihre Haare nicht zeigen. Warum nur??? Warum? Trauen die Männer ihren männlichen Konkurrenten nicht? Oder den starken Frauen, die damit reizen könnten?

Ich kann mich an meine wilde Studentenzeit erinnern; hatte ich einen Freund verabschiedet, blitzten mir schon die nächsten Augen eines Verehrers entgegen, dabei hatte ich niemanden dazu aufgefordert.

Es gibt immer Anziehungen zwischen Menschen. Man kann sie einschränken oder ausleben.

Frauen sollten es selbst bestimmen dürfen und nicht vorgeschrieben kriegen. Sie sind groß genug, die richtige Wahl zu treffen.

Die Autorin

Erika Döbel wurde 1949 in Hessisch Lichtenau geboren. Sie war als Lehrerin tätig und unterrichtet auch heute als Rentnerin noch an der Volkshochschule. In ihrer Freizeit liest und schreibt sie gerne und geht gerne Tango tanzen. Die Autorin ist auch im Alter eine optimistische Frau. Sie verfasste Artikel für „Autismus heute". „Martha Flüchtlingstochter" ist ihr erstes Buch.

Der Verlag

> *Wer aufhört
> besser zu werden,
> hat aufgehört
> gut zu sein!*

Basierend auf diesem Motto ist es dem novum Verlag ein Anliegen, neue Manuskripte aufzuspüren, zu veröffentlichen und deren Autoren langfristig zu fördern. Mittlerweile gilt der 1997 gegründete und mehrfach prämierte Verlag als Spezialist für Neuautoren in Deutschland, Österreich und der Schweiz.

Für jedes neue Manuskript wird innerhalb weniger Wochen eine kostenfreie, unverbindliche Lektorats-Prüfung erstellt.

Weitere Informationen zum Verlag und seinen Büchern finden Sie im Internet unter:

w w w . n o v u m v e r l a g . c o m